自游自在 书系

On the Interests of France

以蜗牛和雄鸡之名

法国趣谈录

何晨伟 著

上海三联书店

2014 年是中法建交 50 周年，为了庆祝这一重要的时刻，光明日报和中国外文局特地举办了"在中国最有影响力的十部法国书籍"的评选活动，从一开始，角逐就异常激烈。众所周知，法国文学在中国读者中向来占有重要的地位，我们对脍炙人口的法国名著如数家珍，《基督山伯爵》《茶花女》《红与黑》等经典小说几乎是每一个中国人儿时必读的书籍，正因如此，读者很难从中取舍孰轻孰重，这直接导致了第 10 名当选书籍与第 11 名之间的选票相差寥寥无几。然而，与此同时，还有一部书籍却毫无争议地以高票当选，可以说，它的影响力在所有的法国名著中绝无仅有，很多中国人在提到法兰西的时候都会不由自主地想起这部巨作，它便是那本大名鼎鼎的《巴黎圣母院》(Notre-Dame de Paris)。

正因为雨果的这部书，即使那些对巴黎一无所知的人们，都不可能不知道巴黎有个著名的圣母院。现如今，那里是世界各地的旅行团绝对不可能错过的观光景点，因此，不论天气是好是坏，巴黎圣母院的门庭前永远排着延绵不绝的队伍，每位游客都难掩内心的激动，争相与这座宏伟的建筑拍照留影。当然，巴黎圣母院那些经典的建筑特点早已举世闻名，并不值得我赘述，在此我真正想要谈论的是一桩有关圣母院令我为之兴奋的发现，因为它解答了一个困扰了我内心许久的疑问。

倘若你热衷于观察生活中那些微妙的细节，那么，你大可驻足在巴黎圣母院之前，仔细研究一番游客们的一举一动。用不了多久，你就会发现一件极为有意思之事：那些来自世界各地的观光客们在等候入场参观的时间里，通常都会聚精会神地抬头打量一番圣母院，仿佛正在若有所思地寻找着什么，忽然，他的眼睛一亮，指着圣母院的尖顶对身边的同伴说，"快看，那便是钟楼，卡西莫多曾经就安身在此！"不难猜测，他们所说的就是雨果笔下那位丑陋而又善良的敲钟人，这个形象实在是太深入人心，以至于任何人来到巴黎圣母院，都想要试图寻找到有关这位"钟楼怪人"的种种痕迹，而确如他们所见，巴黎圣母院最高的尖顶下就是一座古老的钟楼，卡西莫多当时极有可能就是在那儿敲钟的。

我在 2009 年第一次参观了这座久负盛名的教堂，与所有普通游客一样，当时我在找到这座钟楼后欣喜若狂，并迫不及待地把相机焦距调节到最大，试图拍摄一张清晰的照片。然而，恰恰是这样一个偶然的举动，让我有了另一个意外的发现：在钟楼尖顶的至高点，竟然站立着一只公鸡的塑像！当时的这个发现让我着实吃惊，不禁要问，如此神圣的巴黎圣母院，为何它的至高点会由一只"公鸡"来占据呢？所幸，等我缓过神来细细思考之后，我心中便有了答案，一切疑问都变得豁然开朗。

早在来法国之前，我就知道，公鸡是法兰西的国家象征，当时我还没有与法国人打交道的经验，因此，我那时认为，这不过是一个玩笑罢了，谁会对一只公鸡如此情有独钟呢？然而时过境迁，直至今日在法国生活了多年以后，我才真切地认识到，我以前的想法是错的，法国人对于公鸡实在是发自内心地热爱，要知道，此种动物的影子在法国无处不在。法国本土最受欢迎的运动品牌就叫做"公鸡牌"(Le Coq Sportif)，它的销量要远远好过所有其他的运动名牌；法国国家足球队的队徽也是一只昂首挺胸的公鸡，并且它所占球衣的面积有逐年增大的趋势；另外，在布列塔尼的一个小镇，每年甚至还会举办模仿公鸡打鸣的比赛，但凡有幸观看过此项赛事者，都对选手惟妙惟肖的模仿记忆犹新。老实说，使用一种动物来代表自己国家的精神确实是一项国际惯例，但我实在想不明白，法国人为何要选择公鸡作为形象代言人，同样是"吉祥物"，我们中国人选择了龙，英国人是狮子，德国人则是雄鹰，总之，个个都气势非凡，而鸡?! 它只是我们常常享用的一道盘中餐罢了，就算是公鸡，充其量也不过会打鸣而已，有什么了不起的? 即便公鸡也被法国人称之为雄鸡，难道它就真的因此而雄伟起来了吗?

实际上，对于法国人为什么要用雄鸡来代表自己，存在很多种说法，比如说法国人的祖先是高卢人(Gaulois)，而在罗马人使用的拉丁文里，高卢与雄鸡是一个词，所以最早是罗马人把法国人与雄鸡联系了起来。这个说法似乎非常的有根有据，但问题是，历史上的法国人与罗马人是死敌，罗马人称高卢人为"雄鸡"，不免有蔑称之嫌，法国人大可不必逆来顺受，跟着罗马人自嘲为鸡，因此，这不足以构成法国人钟爱雄鸡的理由，在我看来，其中必定存在着某种更为深刻的原因。最终，法国著名喜剧演员柯来旭(Coluche)的一席话让我茅塞顿开，他用了一句简单而又幽默的话对此做出了精辟的解释，他说法国人之所以如此爱雄鸡是因为"Le coq est le seul animal qui arrive à chanter les deux pieds dans la merde.",直接翻译成中文就是,"公鸡是唯一脚踩粪便却仍然可以引吭高歌的动物。"这简直就是我眼中法国人最真实的写照！一方面,他们天性乐观,懂得生活的艺术,无论身处怎样的境地,永远保持生命的活力,这是法式浪漫的精髓；而另一方面,法国人固步自封,即使法国经济、社会现况每况愈下,他们仍就我行我素,并且拒不承认曾经犯下的错误。我对柯来旭佩服得五体投地,人类学家说"旁观者清",意思是,当一个外来者处在一个完全陌生的群体中,往往他能洞悉这一群体所习以为常的一些行为与习惯,而柯来旭作为一名地道的法国人,却仍然可以透彻地分析法国人,此等功力并不是所有人都能够轻易达到的。

说回到巴黎圣母院钟楼上的那只公鸡塑像,实际上,在早期天主教教堂的屋顶上,一般都立有公鸡的塑像,巴黎圣母院就是其中之一。雄鸡一唱天下白,它象征希望,光明,诚信守时,把雄鸡立在教堂的尖顶之上,是要让人想到精神在人世生活中居高临下的绝对地位。至于巴黎圣母院的那只雄鸡,与众不同的是,它脚下踩着的还有那位钟楼里丑陋的怪人卡西莫多,所以,它是世上绝无仅有的一只"踩着怪人而引吭高歌的雄鸡"。于是,这只屹立于法国最负盛名建筑之顶的"雄鸡"完全能够被视作为六千万法国人的化身,以供世人瞻仰。

至于我,一名土生土长的中国人,几年前误打误撞来到法国,从此便与法国人结下了不解之缘,也不知从何时起,我开始像人类学家所说的那样,以一个外来者的眼光去观察法国人,并试图分析造成现代法国人一言一行其背后的大众文化,久而久之,我在其中自得其乐,变得不可自拔。2012年,我与女友在法国迈入了婚姻的殿堂,在准备婚礼的这一年里,我们与当地的法国人发生了一段又一段有趣的故事,从那时起,我决定记录下这些难忘的故事,并开始思考撰写这本有关法国人的书籍,这个动力无疑来自于我对法国人与法国文化的喜爱之情,但在写作的过程中,我时刻提醒自己,不要将本书写成一封致法国人的情书,因为谁都明白,情书中所表达的赞美之情难免会有夸大其词,而我的初衷是要还原一个尽可能真实的法国社会,并借此帮助初到法国的外国人与这片土地上所生活着的六千万"高卢雄鸡"打交道。

目录

CONTENTS

为了避税

2012 年是玛雅人预言的世界末日之大限,全世界各地从前一年开始就始终被一种紧张而又好奇的氛围所笼罩,谁都难以想象,等待人类的未来是什么。与此同时,我身边的一些朋友也越发黯然神伤起来,他们突然意识到,在人类灭绝之前,还有太多的梦想等着自己去实现,他们从前一直认为人生还有大把的时间可以拿来挥霍,因此,为数众多的计划都被一拖再拖,这些人永远以工作繁忙为借口,跟自己说,"这些事情等将来有了空了再去完成吧",但现在的问题在于,或许不会再有这个以后了。所以,在末日预言的面前,许多人终于下定决心不再继续停滞不前,真正地着手去耕耘梦想。

我便是其中的一员,虽然我在这一整年中所盘算的这件事,从严格的意义上来讲,并不能被纳入梦想的范畴之中,可是对于我而言,它却实在是一件至关重要的人生大事:我的计划是要在地球行将就木之前,与所爱之人迈入婚姻的殿堂。就在年初的时候,我向恋爱多年的女友正式提出了求婚,而且,幸运的是,在这个重要的时刻,我们生活在法国,浪漫是这个国度的标签,这无疑增添了我的胜算。为了不让法国的浪漫蒙羞,我绞尽脑汁为女友策划了一场前所未有的惊喜,我选择在毕业典礼的晚会上,面对全校法国师生向她求婚! 即使我在当时一度怀疑,我的法语表白是否不得要领,要知道,尽管事前经过多次演练,但我终究无法摆脱那扰人的口音,所幸最后的结果证实,这个冒险的方案是成功的,法国人果然不负所望,在关键的时刻为我摇旗呐喊,终于使我抱得美人归。

我们对于法国朋友的侠义相助感激涕零,于是乎,我们一致达成共识,在中国举行结婚仪式之外,我们同样要在法国举办一场婚礼,借此答谢当地的朋友们。

对于这个重要的决定,我第一时间告知了朱力安(Julien)。作为我最投缘的法国朋友之一,他全程参与谋划了年初的那场求婚,并在其中发挥了举足轻重的作用,我知道,每当关键的时刻,他总能为我出谋划策。"真是棒极了!(C'est génial!)"朱力安用法国人常挂嘴边的夸张句式对此消息表示欣欣鼓舞,他向来都对社交活动兴趣盎然,这一次他的中国朋友将在法国举办婚礼了,那绝对是一桩令人心潮澎湃的新鲜事。他兴奋地询问我:"届时会请来八抬大轿或者舞龙舞狮吗?"在法国人的概念里,以上所说之事是中国人的婚礼所不可或缺的。"或许吧,但为了更加因地制宜,到时我会设法把龙头改换成公鸡头",我婉转地幻灭了朱力安的美梦,接着说,"事实上,我们打算操办一场纯法式的婚礼,谁都知道,你们法国人的浪漫名声在外,对此我们当然趋之若鹜。""那你们倒真是选对地方了。"朱力安随即对我的赞美予以肯定,"在谈情说爱这件事情上,确实没有人能与我们媲美,另外——"朱力安话锋一转,若有所思地向我宣布,"还有一桩值得庆祝的事情,无论你们操办的是中式还是法式婚礼,等你们完婚之后,或许就能够在法国享受优惠的税收政策了,这可是为数不少的法国人选择结婚的重要因素之一,所以,你们应该认真地研究一番。"

朱力安的一席话令我瞠目结舌,在这之前,我向来只听说过为了伟大的爱情而结婚的男女,或是为了权力斗争和金钱利益而结合的物质婚姻,坦白讲,婚姻的目的千差万别,但是,我却从未耳闻过有谁为了优惠的税收政策而选择结婚,这在我看来多少有些可笑。而另一方面,这倒是传达了一则信息,它铿锵有力地向世人倾诉,法国人在税收上的处境是如此的水深火热,以至于竟有人被逼得走投无路,从而仓皇逃入婚姻的围城以求庇护。实际上,恐怕连最精明的数学家都很难完全搞懂法国人复杂的税收体系,光是数一数那些多如牛毛的税收名目就够让人头痛欲裂的:个人所得税、消费税、燃油税、地产税、居住税、遗产税,甚至,还有什么所谓的扫路税、垃圾清除税等在其他国家鲜有的税种,总而言之,在税收这件事上,法国人事无巨细,实行"你若安好,便要交税"之原则。作为一个高福利的国家,法国有着世界上最完善的社会保障制度(Sécurité Sociale),当地公民享有优惠的退休和失业保障,并且国家还提供慷慨的家庭资助以及医疗保健,为此法国政府需要支付高昂的费用,而税收恰恰是政府最主要的收入来源,占了其中的95%,因此,为了有效地维持这个体系的正常运作,法国人必然要承担重税。照我看,这种现状也不可能在之后的几年甚至是几十年中有所改变。要知道,法国政府的收入与支出目前极度不平衡,赤字严重,据法国国家经济研究统计署(Insee)统计,截至2015年的第一季度,赤字总数已经达到了20894亿欧元之多,占到了国内生产总值的97.5%,这个数字在近十年的时间内迅猛增长,在2007年年末,它还只有64.2%而已,所以,在赤字连年增长的情况下,要减税谈何容易。虽说天下没有免费的午餐,法国人为了所获得的高福利多付一些税也无可厚非,原本无需烦恼,乖乖交钱便是,但偏偏法国人的税收规则繁杂,收入相同的两个人,往往因为一些细枝末节的差别,造成最终所交税款的大不同,所以这才有了朱力安所说的"认真研究一番"。那么,为什么说利用男女双方的婚姻或许可以合理避税呢?这种说法基于法国个人所得税的征收原则,在中国,所得税是以单个人为单位申报的,所交金额只与收入有关,与家庭的经济情况无关,而在法国,个人所得税则是以家庭为单位,税率按照夫妻两人的总收入除以二来计算,并且每多一个孩子,再多算半个份额,从第三个孩子起,每个孩子算一个份额。因此,在夫妻双方收入差距较大的情况下,选择以家庭为单位报税,通常比分别报税更有优势。老实说,法国人的这种报税方式更贴近纳税人实际的经济和生活状况,比较人性化,但与此同时,让人不禁担忧的是,不知有多少恋爱中的男女在尚未深思熟虑的情况下,为了避税而草率地选择了婚姻。

柳宗元笔下的永州蒋姓人家为了免去猛于虎的苛政而甘冒生命危险去捕毒蛇,时空流转,当代《捕蛇者说》依然在上演,只是,这次悲情的捕蛇人换作了法国人。当然,对于既不懂得中医又不吃蛇宴的法国人,捕捉毒蛇自是没有任何的价值，因此，取而代之的抵税方法在法国应运而生。上文所述的"通过结婚而避税"便是其中的一种，此种做法虽不免有让神圣的婚姻沾染上了铜臭味之嫌，但却丝毫没有违反法律条例，尚属于合法避税的范畴，而以下所要讨论的情况则是明目张胆的逃税。法国人有一项叫做"电视税"（Redevance audiovisuelle）的税种，其税收目的是为了资助公共电视和广播事业的发展，为此一个法国家庭每年需要支付大约130欧元的税费，但是，有一类家庭并不在此税种的征收范围之内，就是那些没有装备电视的家庭，这也符合逻辑，既然我不看电视，那自然就没有让我支付此税的道理。然而，正是由于这种例外的存在，使得法国人逃避"电视税"的违法冲动变得极高，因为他们发现，只要在报税时谎称自家没有电视，便可轻轻松松地省下这笔费用。当然，税务局不会轻易相信一个法国人所口口声声宣称的"不看电视"，因为众所周知，电视是法国人最热衷的休闲娱乐方式。据 Insee 统计，一个法国人平均每天要在电视前度过 2 个小时 19 分钟，这占据了法国人下班后绝大部分的业余时间，所以，相关的瞒报非常容易让人怀疑。现在的问题在于，税务局虽心中有数，但却力不从心，想要彻查每个报税人是否真的没有电视机需要大量的人力，而且取证困难，要知道，电视税务检查员可没有权利进入逃税嫌疑人的家中进行排查。所幸，逃税者也并不完全是高枕无忧的，因为法律规定，税务检查员有权透过嫌疑人家中的窗户"窥视"其是否拥有电视机，并可据此对逃税者处以罚款，现在你或许能够明白，法国人为何乐此不疲地在房子的窗户外另装一扇完全不透光的百叶窗（Volet）了吧。

　　细数法国人与税收之间的恩怨，还有一桩事情不得不提。2013 年年初，一条新闻震惊了法国人，著名影星——"大鼻子情圣"杰拉尔·迪帕德约（Gérard Depardieu）——在普京的见证下正式成为了俄罗斯公民，这位国宝级的演员不惜背上不爱国的骂名也要逃离法国，目的只有一个，为的是抗议 2012 年才走马上任的奥朗德（François Hollande）总统所提出的"富人税"。作为左派社会党（Parti Socialiste）的总统，奥朗德认为，富人有义务为法国社会贡献更多的税收，因此特设此税，具体的方案规定,富人需要为其超过一百万欧元的收入部分缴交高达 75％的个人所得税,顷刻间,这引起了法国富豪的恐慌,所以才有了杰拉尔移民俄罗斯的这一出。除了法国富豪,宪法委员会(Conseil constitutionnel)或许也觉得奥朗德总统这次做得有些过火了,最后,他们否决了"富人税"的提案,取而代之的则是它的一项修正案,在此方案中,这项高额的税收将仅仅由企业或组织来承担,而且,该税收最高只占企业收入的 5％,因此对法国的影响并不大,只能算作是一种政治姿态罢了。这样的结果无疑让法国的富人长舒了口气,而作为一名旁观者,我倒是抱着看热闹不嫌事大的心态,觉得宪法委员会的决定不免有些扫兴,因为我万分好奇,假使"富人税"真的通过了,那么,最终会导致多少有钱的法国名人"用脚逃税"呢? 从而是否会引发法国经济的一蹶不振呢? 另外,我还有自己的私心,2014 年央视马年春晚,法国女星索菲·玛索(Sophie Marceau)的一曲《玫瑰人生》迷倒了无数的中国人,试想,倘若这位法国女神也在"富人税"的威逼之下,选择逃离法国且最终被授予中国籍,那么,从今往后,每逢春节联欢晚会都将有女神助兴,这实在是中国观众的一大幸事。

在实行高税率的法国,有一个行业却享有得天独厚的税收扶持政策,它就是法国人最珍视的文化艺术产业。法律规定,在公共场所或沙龙中所举行的有益于公民身心健康的文化娱乐活动,可以免税;报刊企业享受低增值税率,企业所得税和职业税也可以获得减免;另外,年收入少于 3.7 万欧元的艺术家在艺术品交易中同样可以免除增值税。这些已经足以说明法国人对于艺术文化的热爱,然而,更有趣的一件事情在于,浑身长满艺术细胞的法国人甚至把税收本身也发展成了一门艺术。从 1956 年到 2000 年期间,所有在法国注册的车辆每年都需要支付一笔汽车税,并且,为了告知过往的警察此车已经缴纳了这笔费用,车主还必须把购得的税票张贴在汽车的挡风玻璃上,这张税票(Vignette automobile)的样式大致如下:中央区域用大大的数字注明当年的年份,而颜色和形状则随着年份的不同作相应的变化,1956 年至 1974 年是正方形的,1975 到 1985 年为六边形,1986 年到 1999 年则为圆形,颜色是无序随机的,只要明显地区别于上一年就行。坦白讲,这些设计规整的税票原本并无任何美感可言,与文化艺术更是扯不上一点儿关系,但是,殊不知哪位闲来无事的法国人突发灵感,把长年累月积攒下来的税票排列整齐并全数张贴在了自己的那辆老破车上,顿时,在美学上却忽生了气势磅礴之感,竟也出人意料地呈现出一番奇特的艺术感。当然,这种感觉的由来还要归功于这些税票所经历的故事,它们曾经年复一年地伴随着这辆老破车并见证了它的风风雨雨,它们或许唤起了许多法国中年人童年时的记忆,要知道,当年几乎所有的孩子都有过帮助父母亲撕去前一年的旧税票贴上新税票的经验,这是那个时代温馨的集体回忆。从这个意义上来说,这张小小的税票就是法国人常常提起的那块玛德莲(Madeleine)小蛋糕,法国人习惯用此种著名的小点心来比喻那些逝去的美好时光,作家普鲁斯特(Marcel Proust)在《追忆逝水年华》(A la recherche du temps perdu)中曾经这样描述玛德莲小蛋糕,"它唤醒了沉睡的回忆,并足以抵抗时光流逝所带来的焦虑"。

玛德莲(Madeleine)小蛋糕

图片来源:https://en. wikipedia. org/wiki/Madeleine_(cake)#/media/File:Recette_pour_la_Madeleine.jpg

同志

　　他一脸杂乱无章的络腮胡子，上身穿着一件70年代经典款式的米黄色夹克，下身则是一条已明显褪色并多处磨损的牛仔裤，第一次与他的见面，我实在难以把他和享有优雅盛誉的法国人联系起来。

　　"非常高兴认识你！'鹅'先生，今后你在法国倘若遇到无法独自解决的问题，欢迎随时拨通我的电话！"朱力安在那一次与我交谈甚欢后，当即拍着胸脯向我许下真挚的诺言。对此我自然万分感激，只是有一件事，我却耿耿于怀，要知道，好男儿行不更名，坐不改姓，而现在，竟无端被人称呼为"鹅"，简直就是奇耻大辱。因此，在之后与朱力安打交道的漫长岁月里，我一直试图纠正他的发音，但结果证明，所有的努力都是徒劳，我的姓——何（He）——对于从不发"H"音的法国人来说，简直就是一场舌头上的灾难，而我，只好自认倒霉。至于朱力安，说实话，他除了在穿着上略显几分寒酸之外，骨子里倒还是一个地地道道的法国人，至少他拥有这片土地上的人们最突出的特质，这一点从他圆润的肚子上便能略知一二了。毋庸置疑，他是一名与生俱来的饕餮之徒，"只需给我一罐牛黛拉（nutella）巧克力酱，我就可以一口气吃完餐桌上所有的可丽薄饼（crêpe）"。此番豪言壮语是他的美食宣言，跟所有正常的法国人一样，朱力安对于美食毫无抵抗之力。有鉴于此，另一桩事情让我不免心存疑虑，我实在怀疑，每当朱力安称呼我为"鹅"先生时，是否有那么一刹那，其脑海里下意识地把我大卸八块以获取我的肝脏，因为众所周知，鹅肝可是一道久负盛名的法国佳肴。

中国人在巴黎剧照

图片来源：http://www.cinema－francais.fr/les
_films/films_y/films_yanne_jean/les_chinois_a_
paris.htm

　　除了圆鼓鼓的肚子，朱力安的身上还背负着一个特殊的身份，为外
人所不知，就连我最初得知他竟是一名不折不扣的法国"同志"时，我对
此亦感惊奇。话至此，众多对风花雪月的法兰西持有无限遐想的女士们
请暂且稍安勿躁，我所说的此"同志"可非彼"同志"，况且，在法国这片土
地上，"彼同志"可谓比比皆是，但凡见识过每年在巴黎所举行的同性恋
游行盛况的人都清楚，同性恋在这里根本算不上什么大不了的新鲜事
儿，当然，这更不足以让在下这位普通男人兴趣盎然。实际上，之所以称
朱力安为法国同志，纯粹是因其政治信仰与我们中国人相仿，没错，他的
人生至高信仰正是共产主义，他本人则是一名货真价实的共产党青年党
员（Jeunes Communistes）。在世界政治的左翼运动史上，法国绝对称得
上是元老级的国家，1871 年在此诞生的巴黎公社（Commune de Paris）便

是社会主义的早期实验,巴黎著名景点圣心大教堂(La Basilique du Sacré Coeur de Montmartre)的修建就与这场运动直接相关。到了 1920 年,法国共产党(Parti Communiste Français)正式成立,在二战期间及战后短暂的一段时间内,法国共产党曾经辉煌一时,在选举中的支持率维持在 20%左右,是左派中最大的政党,但是,自从 20 世纪 90 年代初苏东剧变后,法国共产党受到了严重的打击,支持率一路下滑,虽然有一段时期情况有所好转,但毕竟社会大势所趋,法国共产党遏制下滑的努力未能取得理想的效果。在 2012 年的法国总统大选中,法国共产党就自知力不从心,从而并没有推出本党的独立候选人,而是选择与法国左派党(Parti de gauche)以及一元左派党(Gauche unitaire)组成左翼阵线(Front de gauche)联合参选,力挺法国左派党创始人之一的让-吕克·梅朗雄(Jean-Luc Melenchon)竞选总统,但即便如此,他仍旧在与社会党(Parti Socialiste)候选人奥朗德的对垒中败下阵来。法国共产党目前遭遇的门庭冷落在很大程度上归因于法国社会阶级成分的变化。众所周知,共产党所代表的目标人群主要是工人阶级,但随着生产技术的提高,法国工人的数量不断地在随之减少,据 Insee 统计,法国社会工人阶级的比例已从 20 世纪 50 年代的 40%跌至目前的 27%以下,这对于共产党来说,无疑是一个无法抗拒的社会变革潮流。更致命的是,年轻人在党内的比例更是寥寥无几,对于目前普遍接受过高等教育的法国年轻人而言,他们的职业规划显然不会是成为从事艰苦劳作的工人,况且,在法国找工作,候选人的共产党党员身份不但不能令其获取得天独厚的优势,相反,此类候选人由于在入职后热衷于公司工会(Syndicat)的活动,当雇员与雇主发生利益纠纷时,他们常常身先士卒组织游行罢工,因此自然不会受到雇主的青睐。所以,这些共产党党员在应聘工作时,通常都对自己的党员身份闭口不提,一副温文尔雅的模样以求成功谋到职位,然而,一旦他们获得了雇主提供的无固定期限类工作合同(Contrat à durée indéterminée),从此便本性暴露,在工会中翻江倒海,雇主这时则再也奈何不了他们,因为法国的法律完全保护持有此类型合同的雇员,老板解雇员工必须提供充分的证据证明员工犯下重大过错并造成了公司难以挽回的损失。就算果真如此,老板也必须给其支付高额的解雇金,所以,此时的共产党党员大可放心地"兴风作浪"。其实,法国年轻人选择加入共产党大多是受其父辈政治理念的影响,朱力安便是其中之一,他的父母是资深的共产党党员,并且在巴黎某郊区的小镇担任市政厅议员,正是在这样的家庭环境中,朱力安深受启发,逐渐形成了他目前的政治价值观。

所幸的是,尽管法国共产党党员人数日渐稀少,但是,那些持之以恒不忘初心的党员仍旧是共产主义最坚贞的拥护者。尤其是在法国由来已久的移民问题上,他们的观点与法国极右党派"国民阵线"(Front National)针锋相对,后者向来认为法国社会目前一系列的问题,失业、暴力等皆源自络绎不绝涌入法国的外国移民,因此,国民阵线主张紧缩法国的移民政策,驱逐非法移民,而另一方,共产党党员认为对方的言论纯属妖言惑众,表示法国政府有义务善待外国移民,他们也身体力行,为了移民的利益竭力效劳。在近些年里,共产党党员时常走上街头为法国北部加莱(Pas-de-Calais)的难民游行,督促法国政府尽快为这些生存环境堪忧的移民提供恰当的救助,当然,不仅仅是加莱的移民,无家可归的罗姆人、躲避伊斯兰国袭击的叙利亚人等所有在法国的弱势移民群体一律为其力挺的对象。还有一件事情我不得不在此澄清,虽说共产党在法国的政治影响力已远不及其他的政党,但请各位不要就此误认为法国人对共产主义嗤之以鼻,即使大部分的法国人确实在言谈中对共产主义颇有微词,但在我看来,他们中的大部分人却实在是口是心非,实际上,法国人虽然普遍由于世界共产主义运动的历史问题而对共产党没有好感,然而不可否认的是,共产主义在某种意义上却被法国人矢志不渝地实践着,只不过,连他们自己也没有意识到罢了。在法国,有一项著名的慈善活动——"心灵餐厅"(Les Restos du coeur),它最初的发起人便是那位对法国人的化身——公鸡——做出精辟诠释的著名喜剧演员柯来旭(Coluche),这项活动旨在为法国社会中的贫困人群、流浪汉以及他们的孩子提供食物和房屋,活动创立之初便受到了法国人的踊跃响应,目前活动的志愿者已经达到66000人,2000多个"心灵餐厅"遍布全法。特别是每年的冬季11月直至来年3月,严寒使得活动达到一整年中的最高峰,这期间,法国几乎每个超市的门口都会有"心灵餐厅"志愿者的身影,他们向进出超市购物的人群派发所需物品的清单,并号召他们按此清单从超市中采购以作捐献爱心之用,通常,法国人都对此积极响应。另外,明星也加入到志愿者的行列,他们在每年年初会组织一台叫做"笨蛋们"(Les Enfoirés)的演出,旨在为"心灵餐厅"筹集食物,义演的所有收入也全数捐出。所以,每当想起为了"心灵餐厅"而鞠躬尽瘁的法国人,我便情思恍惚,要知道,这分明就是我们心中期盼的共产主义啊。

坦白讲,我在这里亲切地称呼法国共产党党员为"同志"不免有些自作多情、一厢情愿,因为我所认识的那些法国共产党青年党员曾经三番两次地向我宣称"他们的共产主义"与"我们的共产主义"不是一回事情,语气中分明就是不屑与我们为伍。可是,法国人的此番言论在我看来,实在是属于过河拆桥。我不禁要问,难道他们已经遗忘了50年前那场对法国社会造成深刻影响的"五月风暴"(Mai 68)了吗? 1968年5月,一场学生罢课、工人罢工的群众运动在法兰西第五共和国以势如破竹的姿态爆发,运动的首发地是在巴黎第十大——南泰尔大学(Université Paris X-Nanterre),这个地处巴黎西郊的大学,环境封闭,与世隔绝的大学生深感孤独与寂寞,再加上校方禁止男女学生之间的夜间互访,这一切使得叛逆的大学生与校方发生冲突,学生运动的火苗就此掀起。然而,奋起的学生所关注的焦点很快就从自身问题上转移,他们进而要求教育改革、提高工人工资、反对当时的越南战争,并要求政府反省50年代的那场阿尔及利亚战争。随着事情越闹越大,法国警察也开始进行干预,导致了严重的流血冲突,数百人受伤,600名学生被捕,自此,冲突升级,法国工会号召全国工人总罢工支持学生。数百万罢工的工人占领了全法300多个重要的工厂、矿山,致使全国交通中断,生产停顿,整个法国处于混乱的状态中。之后,在国外访问的戴高乐(Charles de Gaulle)总统终于发现此次游行罢工不同于以往,于是匆忙赶回巴黎,发表电视演说,呼吁全国恢复秩序,许诺起草改革计划,提供公民投票裁决。最终的结果是,议会被解散,并且重新举行了全国选举,"五月风暴"才算平静下来。

这场运动导致法国政府采取了安抚和有利人民的政策，工人工资上涨率达30%；教育改革的实施使大学更具独立性，扩展、增建校舍，使更多人有入学的机会。毫不夸张地说，这场风暴所赢得的政策是目前法国社会最重要的基石。然而，言归正传，这场运动与我们中国人又有着怎么样的联系呢？"五月风暴"发生在1968年，而那时，中国的文化大革命正在如火如荼地进行着，可以说，它直接影响着参与罢课和示威游行的法国左翼学生，他们刻意模仿文革中的红卫兵，在校园墙壁贴大字报、手握毛主席语录，甚至举着印有毛主席的肖像，仿佛就是中国文化大革命的重新演绎。其实，当时的法国大学生根本就对中国的文化大革命一知半解，只是它对旧制度的批判为青年们提供了榜样，苦闷愤怒的法国青年于是在文革中找到了最有利的参照。在风暴过去之后的1973年，法国导演让·雅南(Jean Yanne)为了法国人民尤其是当年深受"毛主义"影响的青年一代能够对"五月风暴"有所反思，特地拍摄了政治讽刺喜剧电影《中国人在巴黎》(Les Chinois à Paris)，以搞笑的方式呈现"五月风暴"犹如一场在法国发生的文革。正是在这部影片中，以下的一幕场景让人印象深刻：法国人阿勒贝尔在参加完中国特色的学习班后，对迎接他的女友说："不要再叫我阿勒贝尔，请叫我同志。"所以，你看，这一声"同志"明明就是你法国人自找的，为何现在又不认账了呢？

文件搜集运动

英国人彼得·梅尔夫妇为了买下法国普罗旺斯一栋心仪的房子,被迫参加了一场繁杂的文件搜集运动,"需要出生证来明确我们的存在;需要护照来说明我们是英国人;需要结婚证书才能用两个人的名义合买房屋;要前次婚姻的离婚证书用以确定目前的婚姻有效;提供文件证明我们在英国有固定住所",这次经验让他们变得有些神经质,以至于"有好几个星期,我们出门一定携带所有证件,见到任何人都赶紧出示护照和出生证明"。

我们与彼得·梅尔夫妇同命相连,自从我们下定决心要在这片浪漫的土地上举办婚礼,我们的生活便被法国人所热衷的文件搜集运动搞成一团乱麻,这件事情在一段时间内占据了我们绝大多数的时间以及精力,光是听听以下这份文件清单就足以让人毛骨悚然:居住证、社会保障证明、房屋合同、工作协议、上一年的税单、近 6 个月来的财务状况证明、男女双方证婚人的身份证。这些最普通的材料自然缺一不可,此外,法国人一再对外宣称,"我可搞不明白那些深奥的中文",因此,但凡在中国取得的文件,包括出生、未婚以及婚俗证明,法国人严格要求,必须准确无误地翻译成详细的法语,按他们的话说,"你们的结合可不能违反中法任何一方的法律条例,否则,那将有损两国的外交关系。"等我们最终把这"一生"所有的文件全都准备完毕,我们早已累得体力不支,我保证,其艰难程度丝毫不亚于一场旷日持久的马拉松比赛。有鉴于此,我强烈建议法国人尽早向奥运会主席递交申请,把此项运动纳入比赛项目,要知道，届时，冠军非他们法国人莫属。

　　法国人对于文件的钟爱源自于其庞大又完整的档案体系，法国可以说是现代档案事业的开创者，早在 1789 年法国大革命之前，全法就拥有大约一万个档案馆，在革命之后，国家把这些原本彼此独立的机构统一了起来，逐级建立了档案总局、国家档案馆、地区档案馆、省档案馆以及市镇档案馆，这些还只不过是公共档案机构，除此之外，形形色色的私人机构遍布整个法国。所以，这造成了一个法国人一生拥有无数个档案：居住档案、教育档案、医疗保险档案、税务档案、财务账户档案等，每一份档案又都要求其持有者提供所有与之相关的证明，知道了这些，你就不难理解，为什么法国邮局总是人满为患了，因为法国人需要随时向行政当局邮寄材料宣告自己仍旧健在。从根本上来讲，法国是一个官僚主义盛行的国家，这一点在其繁琐的行政程序上得到了淋漓尽致的发挥。根据法国政府的一项调查，每四个法国人中就有一人控诉本国的行政程序，他们一致认为："整个行政过程持续的时间冗长，需要申请人反复向有关部门就同一问题提出咨询，服务刻板，且缺乏创造力。"此类控诉丝毫没有言过其实，官僚化的体系让法国的中小企业（PME：Petite et moyenne entreprise）背负上了沉重的担子。世界银行指出，法国的中小企业每年花在处理行政事务上的时间平均达到 132 个小时。毋庸置疑，假使这些时间被用在公司本身的发展上，将创造出更多的价值。在法国，很多位高权重的高级官僚都毕业于同一所学校——国家行政学院（Ecole Nationale d'Administration），这是一所久负盛名的法国精英学校，入学者要经过极其严苛的选拔，但即便如此，还是有无数的法国人对之趋之若鹜，因为它是官场里一条快速的上升通道。每年，法国总理都要把各部的最高职位保留给 ENA 的 110 名毕业生，他们根据在校的成绩排名依次挑选职位，这些职位往往是其他普通公务员穷其一生都难以达到的高度，而这却是没有经验的 ENA 毕业生职业生涯的起点。无可否认，ENA 毕业生的个人能力出类拔萃，但问题在于，他们普遍稚嫩且缺乏在基层的经验，所以，他们经常遭人诟病不了解国家的日常现实。或许法国人自己也意识到法兰西民族官僚的作风，因此，他们在民法与刑法之外，还创造了行政法，它的作用是为了审理普通民众状告法国政府的案件。相同的法律在中国也存在，有所不同的是，为了确保行政法能够得到有效的实施，法国人特地设立了独立的行政审判系统，包括专职法官、行政法院、行政上诉法院以及行政最高法院（Conseil d'Etat），而在中国，行政诉讼案件是由各级人民法院受理。问题是，人民法院受制于地方政府，独立性严重不足，要想让法院公正地依照法律审判自己的领导者几乎是不可能的，法国的这套并行的司法体系则解决了独立性不够的问题。正因如此，行政法庭经常做出对法国政府不利的裁定，这让法国人非常信任该机构。1999年，法国行政法庭总共受理了117000个案件，这个数字与中国每年受理的行政诉讼案件相当，但要注意的是，中国的人口是法国的20倍之多，因此从人口比例上来说，法国人发起行政诉讼的频率远远高出中国人，这足以证明中法两国人民对于各自行政法信任度上的悬殊差距，缺乏公正审判的中国人往往只能寄希望于上访。

值得特别指出的是，法国人所钟情的文件搜集运动并非毫无用处，至少，它的存在推动了另一桩趣事的兴起。自从被誉为"档案人权宣言"的《法兰西共和国档案法》（loi CADA et loi DNIL）在1979年出台以来，在至今三十多年的时间里，法国社会掀起了一股研究家谱（Généalogie）的热潮。此条法律规定，所有满三十年的公共档案将一致对公民开放，并可供其自由查用，这项规定让那些对家族历史抱有浓厚兴趣的法国人欢欣鼓舞，他们由此踏上了旷日持久的寻根之旅。家谱研究可以说是文件搜集运动在时间和空间上的升级版，通常，家族历史的爱好者从父母这辈开始，把家族的支系层层往上推，从而最终建立起一张完整的家族关系图——它也被形象地比喻为"家族树"（Arbre généalogique）——即告完成。这项研究的难度在于，它常会因某个祖先更改姓氏或是离开了出生地等各种缘由而断了线索，再也推不上去了，大多数的研究就此遗憾地戛然而止。当然，还有那些坚持不懈又足够幸运的文件搜集者，他们在经历了一段漫长且令人沮丧的搜寻之后，突然在某个市镇档案馆一堆尘封已久的材料里，扒出了一张那位"断了联系"的祖先的出生证或是结婚证明，自此，一切又变得豁然开朗起来，这让研究者欣喜若狂，而且，这种幸福感往往随着先前搜寻过程的艰辛程度的增加而递增。从这个角度上来说,家谱研究在工作性质上有些类似于侦探,活动的进行者需要在那些泛黄的文件里层层排查,辨认出所有能够有助于其认祖归宗的蛛丝马迹,这对于喜爱阅读侦探类小说(Roman policier)的法国人而言,简直就是绝无仅有的实践良机。在收集文件的过程中,法国人了解了祖先所处的社会环境、所从事的职业、结婚时的年龄等生动的信息,更有意思的是,其中的一些文件还详细地描述了他们的长相,这对于从没亲眼见过祖先的人而言意义重大。详尽的资料让他们对祖先有了感性的认识,而从前,祖先只不过是纸上一个抽象的名字罢了。我的朋友玛蒂娜就曾向我展示过她所搜集到的其曾祖父的身份证,在那张泛黄的纸上,不仅注明了曾祖父的出生地、出生日期、父母姓名等事项,而且还描绘了曾祖父的样貌:金色的头发、咖啡色的瞳孔、圆下巴、笔直的鼻子,以及两撇上翘的小胡子!家谱研究因此帮助了热爱哲学思辨的法国人解决了"我从哪里来"的人生哲学难题,要知道,对于这个问题,法国人向来喜欢刨根问底,否则他们就不会如此执着地去区分自己餐桌上的食物源自哪个产区或农场了。另外,法国是一个拥有众多外国移民的国家,很多移民的后代生长在法国,对自己的母国可以说是一无所知,家谱研究则促使其中的一部分移民后代回到了母国,甚至见到了从未谋面的远房亲戚,这无疑让他们增强了自我身份的认同感。最后,此项研究丰富了法国人的谈资。口若悬河的法国人无论在餐桌上、在咖啡馆或周日的集市里,总是在喋喋不休地交谈,这是法国人除了舌吻和美食之外的又一个"口腔文化"。在社交场合,一个有修养的法国人绝对不会让气氛冷场,这要求法国人有足够多的见识和逸闻趣事,用来消磨漫长的社交时间。一顿正式的法餐,通常就要持续好几个小时,此时,如果能在餐桌上讲述一段家族的历史,想必一定能让气氛活跃,要是再有两杯美酒下肚,并把原本平淡无奇的故事加以润色,使情节足够荡气回肠,那么,食客们在听故事的同时,必然食欲也随之大振,胃口大开。

　　法国人对于文件虔诚的热爱以及精心的保存在中法外交史上留下过一则美谈。1997 年 5 月,时任法国总统的希拉克(Jacques René

Chirac)访华,此行他给我们中国人带来了一份特殊的礼物——"邓小平20世纪20年代在法国施耐德工厂打工时的工卡"。与所有法国人的档案一样,这张工卡上清楚地写着邓小平的出生日期,入职和辞职的日期,还有工号和工作所在的车间,并且,在卡片的最下方附注"辞职不干,不再雇用"。这份宝贵的礼物让中国人感动,邓小平在法国生活时的情景跃然纸上。想到这里,我不禁翻出为了婚礼而搜集到的那一摞文件,并重新审视了资料的准确性。当然,更重要的是,我需要确认资料里的照片是不是足够玉树临风,谁也不知道这些即将保存在法国档案馆里的材料会落入谁人之手,我可不想后人在看到我的照片后,对我发出如下的评价:"哎,我的祖先原来是真屌丝。"

亲，约吗？

　　我们第一次与伊莎贝利（Isabelle）女士的见面是在一个阳光明媚的午后，她一边仔细地翻看着我们"这一生"所有的材料，一边与我们聊起她在奥利韦（olivet）参加的太极拳俱乐部。原来，伊莎贝利几年前患上了背痛的顽症，在医生常年的治疗下并没有任何的好转，这一度让她心情沮丧。一次偶然的机会，她从朋友的口中得知，练习中国的太极拳或许可以治疗此类疑难杂症，而在奥利韦恰好又开了一家太极拳俱乐部，于是，抱着尝试一下的心态，伊莎贝利就此加入了俱乐部，让她没有想到的是，在此后的一年里，她的背痛果真就神奇般地慢慢好转了。

　　"毫不夸张地说，中国人的太极拳简直就是我的救命恩人！"伊莎贝利的眼光从层层叠叠的材料上抬起，满怀期待地看着我们说道，"根据我多年在奥利韦市政厅任职秘书的经验，我敢保证，你们可是第一对在这个小镇举办婚礼的中国人。冒昧地问一句，届时，你们会在婚礼上表演太极吗？"这是法国人对中国人的固有印象，就像我们觉得每个法国人都非常浪漫一样，他们则认为所有的中国人都应该会点功夫。"能在奥利韦举办婚礼是我们的荣幸。"我回答她说，"至于太极拳，我倒真认识一个从小习武的朋友，他也将出现在受邀宾客的名单里。""是吗！要是他能在你们的婚礼上打上一套正宗的太极拳，那就太棒了！"伊莎贝利笑得很灿烂，岁月让她看起来优雅迷人。"这的确是个好主意，我会与他商量的，但在这之前，我需要知道市政厅何时能为我们主持颁发结婚证书的仪式呢？"我接着询问她。伊莎贝利确认我们的材料齐全，随后她翻开了手边的工作日志,她需要从中为我们预定一个良辰吉日,但令人担忧的是,随着纸张一页页地被翻过,伊莎贝利的眉头越发紧锁,"实在非常抱歉,"她叹了口气,合上了日志,并向我们解释,"我现在还无法确定具体的时间。这些日子以来,市政府宴会厅的场地安排吃紧,我需要就此与同事协调沟通一下,但请放心,我势必会为你们尽早预约上结婚证书颁发仪式的,你们回去等通知吧。"

所以,你看,在法国领取结婚证是需要预约的,不像在中国,恋爱中的男女只需携带户口本去当地民政局登记就行了,通常当天便能够领到结婚证。在法国,做任何事情都需要提前预约(rendez-vous),去银行办事要预约,看医生要预约,理发要预约,甚至去略微高级一点的餐厅用餐也要预约,实际上,几乎所有法国的服务行业都不会提供即时的服务。有意思的是,此类约会与男女情人间的约会在法语用词上都以"rendez-vous"统称,所以,假使一个法国女人的恋爱对象正好从事医生或者理发师等职业的话,那么,当她说"我和理发师有个约会"时,就会造成旁人暧昧不清的猜想,你到底是去弄发型还是去幽会情人呢?除了公共服务领域,在私人交往中,法国人同样严格遵守——有事请预约——这一法则,法国人绝对不会在事先没有约好的情况下,去到朋友的家里登门拜访,一起聚餐也要提前至少一个星期预约,任何计划之外的"突然袭击"都被视作没教养的表现。我们很难准确地找到法国人如此行事的历史渊源,但是我相信,法国现行的工作制度在一定程度上造就了或者说巩固了法国人的预约文化。在1998年,前社会党总理若斯潘(Lionel Jospin)通过了新的劳动法案,它在法国具有里程碑式的意义,并且是目前现行劳动法的基石,此法案中的"35小时条例"(Loi des 35 heures)规定,从今往后,法国雇员每周的工作时长将从原先的39个小时缩短到35个小时,雇主则必须严格遵守此工作时限,违反者一律将被处以重罚。由此不难算出,法国人每天只需工作7个小时便能顺利完成法定的工作强度,当然,其中还包括了漫长的咖啡时间,这可是保证法国人正常运作所必不可缺的一项事宜。另外,你也不用指望法国人会为了络绎不绝的顾客而加班,即使他们一再对外宣称"顾客就是上帝"(Le client est roi),法国人还是坚决执行"准时下班,让上帝预约"之生活哲学。基于上述的理由,法国的服务行业就只好依据雇员每天能够接待顾客的最大数量来安排约会的时间了。老实说,这确实在现行的制度下最大程度地顾全了顾客的感受,因为谁都不想在经历了一整天的等待后,被告知"天色已晚,明日请早"。现在,最大的问题在于,在某些特定的行业,由于需求远远高于法国社会可以提供的服务,因而造成了惊人的预约提前量,最典型的就是类似于眼科这样的专科医生服务,此类医生在正式行医前需要经过旷日持久且艰辛的学习过程,因此在法国极度稀缺,患有眼疾的病人往往需要等待半年以上才能得到眼科医生的治疗,这个令人担忧的状况近几年来受到了法国社会普遍的关注。

从更深层次的内在精神联系而言,法国人的预约文化与其习惯于照章办事且缺乏灵活性密切相关。如果用一种形状来分别比喻中国人和法国人的话,那么,圆形可以代表处事圆滑且懂得变通的中国人,而法国人则要用正方形来表示。法国人自己有一句座右铭说道,"做任何事情都必须 carré"。"carré"在法语里就是正方形的意思,运用在此,它的言下之意是"做事必须毫不含糊"。通常,法国人行事认真但却死板,他们严格遵照程序做事,倘若某件事情并没有按照原先设定的先后顺序依次发生,那么,法国人一定方寸大乱,溃不成军。在美国和法国家喻户晓的法餐大厨茱莉亚·查尔德(Julia Child),在她的著作《我的法兰西岁月》(My life in France)中回忆起 20 世纪二战后,在巴黎的寓所装电话的经历,"我们提交了一个装电话的申请,然后干等着。先是有个男的过来造访,看我们是不是真的住在这地方。然后又有两个男的过来,研究研究我们的情况。最后又有个男的出现了,要看看我们是不是真的想装个电话"。你看,法国人一切都做得严丝合缝,谨遵程序,让人找不到一点儿破绽,难怪茱莉亚对此次经历的评价是"实在太法国了"。中国前驻法大使吴建民在他的书籍——《在法国的外交生涯》——中同样记载了一段有趣的往事。当年,时任法国总统的希拉克向吴大使主动提出想去中国大使馆与大使夫妇共进晚餐,并且要求中国大使馆向总统秘书处发出正式的邀请函,使馆上下乐不可支,并为了希拉克的到访忙活了好一阵子,但是,结果却出乎意料地收到了总统秘书处的拒绝信说,"总统没有空"。这令吴大使非常莫名,明明是总统自己提出要来使馆参加晚宴的,为什么又突然变卦了呢?后来经过沟通才了解到,原来是一场误会,因为总统每年都会收到外国使节无数的晚宴邀请,在正常情况下,总统都是拒绝的,"正方形"的秘书处办事人员以为这次也不例外,因此按照惯例发了拒绝信。更有趣的是,在真相大白之后,秘书处的人员还特地致电中国大使馆,要求烧毁这份错误的信件,搞得吴大使哭笑不得。由此可见,法国人对于程序是多么地着迷,他们因而为自己量身定造了预约文化,以此来减少生活中的不可预知性,让生活能够按部就班地进行。另外,法国人在精神层面上对"正方形"的钟爱直接影响了他们的审美观,法国的园林艺术就是一个活生生的例子。漫步在巴黎协和广场和卢浮宫之间的杜伊勒丽花园(Jardin des Tuileries),你会注意到,花园中的树木无一例外全被修剪得方方正正,而且排列整齐,初来乍到的中国游客往往都对此表示不解,甚至一度怀疑这是时尚巴黎今年最新的流行趋势。其实,这些树木代表了法国人"正方形"的精神世界,要知道,任何多生的枝节都会让他们局促不安。

老实说,对于法国人口口声声所自诩的"做事毫不含糊",我一直心存怀疑。彼得·梅尔在《普罗旺斯的一年》(A Year in Provence)里,就曾经这样总结普罗旺斯人的时间概念,"马上"可能是指这一天中不知道什么时候;"明天"则是说本周内不详的某个时日;最富有弹性的莫过于"半个月"这一词语了,它也许是三个星期,也许是两个月,甚至可能是明年,反正绝对不会是15天的意思。虽然不排除彼得由于自家的房子得不到法国工人们及时的修缮而恼羞成怒,从而夸大了普罗旺斯人的信口雌黄,但是,有时候,我们确实不能对法国人所言全盘听信,这不单单只针对普罗旺斯人,此条规则适用于法国的任何地区。当一个初次见面的法国人在聚会之后对你发出口头邀请,说"下次务必邀请你来我家共进晚餐!"你大可不必对此心存感激,并翘首以待,他的真实意思其实是想说,"我们今天度过了令人愉快的时光!"在这种场合下,法国人所发出的邀请只不过是他的社交礼貌罢了。同样,当一个关系普通的法国朋友向你打招呼,问"你好吗"(Ca va?)的时候,你可千万不要天真地把自己的烦心事儿全盘托出,否则,那一定会造成对方的困扰,他可对你的那些破事儿没有半点兴趣,他想得到的答案只是,"是的,我很好,你呢?"(Oui, je vais bien. Et toi?)从这个角度上来讲,这些法国人的客套话有些类似于老北京人的问候语,"您吃了吗?"实际上就是打个招呼,您吃了还是没吃与他都没关系,没吃他也不会请您吃。中国人和法国人这些习惯性表达方式的形成,源于双方所共通的一个特质,就是讲究面子。通常,法国客人在品尝了主人所烹饪的菜肴过后,无论味道如何,他十有八九会做出以下的经典动作:五根手指在嘴唇前聚拢,然后,在即将亲吻到指尖的瞬间,五指迅速并且轻盈地向外打开,嘴里同时发出亲吻的声音,眼神则要尽可能迷离。这个动作要表达的意思是,极致美味的食物仿佛是在味蕾上盛开的一朵鲜花,此时任何语言都不能表达出对它的赞赏了。但作为主人,你无需太过当真,更不要就此幻想自己能够一跃成为米其林大厨,要知道,同样的动作在法国人的一生中被其无数次地重复演练,他的意思是,"感谢你的邀请"。

说回预约文化,它的存在还孕育了法国一项欣欣向荣的职业——秘书(secrétariat)。去法国公司或者机构办理业务,首先就需要与对方的秘书打交道,典型的秘书一般都是像伊莎贝利那样的女士,她们受过专业的训练,并拥有与其职位相符的职业证书,可以说,她们个个都身怀多门绝技,除了负责公司上层的日程安排,同时还要兼顾整理档案、准备公司的节庆活动、安排雇员的差旅等所有的琐事。即便如此,能够完成这些任务的秘书也不过是其中最普通的一员而已,要想成为此中的佼佼者,能力仅限于此是不够的。作为公司内部交际最广泛的人,一名优异的法国秘书需要八面玲珑,虽不要求其上知天文,下知地理,但她必须掌握每一位同事的动向,倒也不是要求她成为上层的耳目,只是,一名消息灵通的秘书可以有效地维持公司人际关系的融洽。此外,秘书中的集大成者更应该拥有丰富的人生阅历,博学多才,学富五车,电影《优雅的刺猬》(Le hérisson)中的公寓女秘书荷妮便是如此,虽然她的外表又老又胖,但她的内心却高雅十足,她所阅读熟知的文学、哲学书籍塞满了整整一间屋子，最终，她不但赢得了日本绅士小津格郎真挚的爱情，而且，也改变了小哲学家芭洛玛的人生轨迹。跟世界上其他国家的男人一样，法国男人特别热衷于调侃秘书，法国电台在曾经的一段时期里，有过一档《整蛊秘书》的搞笑栏目，DJ假装陌生人随机从黄页中抽取一个公司的电话号码，然后尽其所能，用五花八门的难题刁难那些可怜的秘书们，对此，她们大多表现得沉着冷静，其中有一次，DJ用幽默又略带调情的口吻对电话那头的秘书打趣道，"您的声音真甜美"，电话那头的回应是持续三十秒的开怀大笑，随后，她冷静地回答道，"谢谢您，许多人都这么说"。

我们面前的伊莎贝利女士就是这样一位浑身散发着魅力的市政厅秘书，拥有一份迷人的微笑，让人倍感亲切，但是，对于"正方形"的法国人，我始终心有不安，我们何时才能预约到结婚的时间呢？一年半载也未必是不可能的。

我是城堡之王

英国人彼得·梅尔的经典著作——《普罗旺斯的一年》(A Year in Provence)——让全世界的游客都对这片山地趋之若鹜,"中国军团"便是其中的一支生力军。每年夏天,成百上千的中国旅行团怀着无比敬畏的心情,在极富盛名的薰衣草和太阳花行将就木之前,匆忙地赶到这块圣地,对着漫山遍野的花田接连地按下快门,把良辰美景一股脑儿全给塞进相机里。或许正是因为普罗旺斯实在是太赫赫有名了,以至于中国游客往往很少在法国其他的自然风光胜地逗留,我们小镇奥利韦(Olivet)所在的卢瓦尔河谷就是这样一个几乎被中国游客遗忘了的仙境。要知道,卢瓦尔河(Loire)作为法国本土最长的河流,向来有法国母亲河之美誉,那里蕴藏着丰富的自然资源,美不胜收的风景,并且,让人更加惊喜的是,卢瓦尔河的中下游还孕育了以城堡群为代表的璀璨文化。

卢瓦尔河谷里的城堡大都是由中世纪和文艺复兴时期的法国皇室贵族所修建,它们承载着法国人的历史,数不胜数的逸闻趣事曾在这里发生。比如,大名鼎鼎的达芬奇(Leonardo da Vinci)就在这儿为弗朗索瓦一世国王(François I)最钟爱的城堡——香波堡(Chambord)——设计了交替旋转式双梯,而达芬奇本人去世后也长眠于附近的昂布瓦兹城堡(Château Royal d'Amboise)中。当然,任何有趣的故事都会有一个无从考证的传闻,关于达芬奇与弗朗索瓦这两个人,就有传言说他们的感情特别深厚,好到什么程度呢? 达芬奇最后仙逝时,竟是死在弗朗索瓦怀里的。可想而知,此类激情故事必定让某些有特殊癖好的女性读者津津乐道,这完全可以成为她们前来参观城堡的重要理由之一,但于我而言,真正值得欢欣鼓舞的,倒是另一桩事情:因为据我了解,这些历史悠久的城堡目前大部分都在承办婚礼!这则信息对我们的意义可要比两个惺惺相惜的男人重要得多。自从向市政厅递交了材料以后,放在我们面前的头等大事就是要预定举办婚礼晚宴的场地,城堡无疑是理想又浪漫的选择。试想一下,在美轮美奂的城堡里,新郎新娘穿着精致的礼服,被无数的纤弱烛光萦绕,这该是一幅多么令人神往的画面。毋庸置疑,城堡能够激发每个女孩内心深处的公主梦,我的她此时已经完全沉浸在童话般的场景里,甚至开始幻想挽着英俊的王子,踏在城堡中年事已高的木质地板上,跳着优美的圆舞曲,直到她转过身,瞥见我那微微发胖且早已没有了棱角的脸颊时,她方才如梦初醒,王子与公主的故事就此幻灭。

还有一件事与圆润的脸颊同样让人沮丧,经过多方打听,我们不得不面对一个残酷的现实:城堡婚礼虽气派,但其租赁的费用却不菲。全法共计有四万多座城堡,半数为私人所拥有,承办婚礼的大多就属于这种私人城堡。这些古老的建筑往往都有着厚重的石墙,外人很难一窥其中究竟,这显然陡增了一份神秘感,石墙外的人们理所当然地认为,城堡的主人过着奢华糜烂的生活,或是每天都在放满中世纪古董的餐厅内享用烛光晚餐,又或是在硕大的后花园里种植上全世界各地的珍贵花卉。无可否认,这些确实在某种程度上反映了城堡主的生活状态,但另一方面,事情却远非如此完美,对于一部分的城堡主而言,特别是那些家族城堡的继承人,在最初的新鲜感褪去之后,他们渐渐地发现,城堡成为了他们生活的重担,甚至可以说是难以脱手的烫手山芋。要知道,管理一座城堡的难度完全不亚于经营一家中等规模的企业,城堡主要投入大量的物力和精力。

法国的法律规定,城堡主每年需要对那些被列为历史建筑的城堡进行妥善的维护,这笔开销极其昂贵,即便是最普通的小型城堡,每年的维修费也动辄上万欧元,而一些家族城堡的继承人凭一己之力已经难以支付这笔费用。问题是,在自由的法国,城堡主难道不可以选择暂时不修缮自家的城堡吗?答案是否定的,因为法国政府有权没收未经妥善维护的城堡！即使政府每年会出资帮助这些没落了的现代贵族们，但法国人不景气的经济使得此项资助的金额越来越少。就是在这样的现实面前，城堡主开始另谋出路，有些人将城堡改造成度假用的旅馆，还有一些人则承办像婚礼这样的商业活动。虽然此类经营让城堡主在经济上稍稍喘了口气，但却把习惯了悠闲的法国人搞得筋疲力尽，甚至还搭上了大部分的度假时间，这对于法国人简直就是不可饶恕的罪行，最终，许多人不堪重负，纷纷选择把城堡以低价转让。除了想要体验一番城堡生活的法国新贵，接手的买家里不乏一些财大气粗的外国富豪，当然，也不会少了近年来在国际市场上颇负盛名的中国新锐，他们向来对法国文化趋之若鹜，如今能够有幸买下这片土地上的一座城堡简直就是光宗耀祖的大喜事。

　　问题至此似乎已经得到了皆大欢喜的解决，法国人卖掉了城堡，得到了金钱和时间，外国富豪则花钱买来了梦想的家园，但是，对民族文化深感骄傲的法国人这时又开始变得忧心忡忡，他们一口咬定，这群"逃亡到法国的暴发户"绝对会搞砸了承载着法国历史的古堡。于是，法国人又急急忙忙出台了限制外国人购买城堡的政策，其中有一条规定宣称，"外国买家必须对所买城堡的历史与建筑艺术有深刻理解和尊重，这一点要得到城堡原主人的认可"。我实在不知道法国政府要如何监督此项规定的实施情况，据我推测，外国买家的艺术修养在金钱的诱惑下，早被"正方形"（carré）的法国人遗忘得一干二净。当然，法国的城堡主可不会就此承认自己的见利忘义，当他们拿着变卖城堡的巨款，在海边晒着太阳抽着雪茄的时候，一定会煞有介事地与朋友们聊起那些有钱的乡巴佬如何从自己手中抢走了家族几百年的祖宅，其间还时不时地夸耀一番自己视金钱如粪土，但却身不由己，最后还不忘表达一番对城堡未来的担忧，越想越觉悲伤，只好感叹世事无常，于是就此作罢，转身便在柔和的海风轻抚下酣然入梦。法国人就是这样，他们需要钱，也爱钱，但又觉得公开谈论金钱实在太粗俗，所以任何与钱相关的事情他们都要转着弯来说。明明是为了增加薪酬而进行的罢工游行，法国人会冠冕堂皇地宣称，这是为了提高公共服务的水平；还有，法国人通常不会直截了当地说出"argent"（钱）这个单词，而是用"sou"（旧时法国货币名）来委婉地表述钱财的意思。老实说，你法国人爱不爱钱，或者说爱不爱谈钱，本与我们没有关系，是你的个人自由，问题是，在一些事情上，法国人选择性失忆，故意避不谈钱，为的则是传达个人偏见，有些时候，这种做法显得不厚道。前些年，中国支付了巨款购买了法国以及日本等国的高铁技术，经过几年的努力，中国的高铁产业如今迅猛发展，源源不断地获得出口的订单，这下一部分法国人坐不住了，他们说中国人拷贝了法国的技术，但与此同时，他们对当年收钱之事却绝口不提，原本这是用钱换技术，正常的市场行为，在法国一些媒体的报道中，却营造出一种暗指你技术剽窃的舆论气氛，我们向来都说"谈钱伤感情"，但是，法国人在这种时候的"不谈钱"比"谈钱"更伤人心。

说回城堡。在法国，没有人可以准确无误地定义，究竟什么样的建筑才能被称之为城堡，在我们的印象里，城堡就应该是那种带有圆形塔楼的中世纪城池堡垒，但实际上，法语中城堡的单词，château，它除了表示此类带有武装建筑的古堡，它同样泛指庄园中的豪华别墅，所以，当法国人说他拥有一座城堡时，或许他所指的不过是一间豪宅罢了。其实，据我观察，法国人对于"城堡"的定义远比字典要宽泛，在法国人的心中，自家的房子——无论是豪宅还是普通公寓——都是一座精神上的城堡，蜷曲在温暖的沙发上，每个人皆为"城堡之王"。也许正因如此，法国人才这般乐此不疲地整修住宅以及家中的物件，Castorama，Bricorama，Leroy Merlin 等这些专售家居用品与修补工具的大卖场每日门庭若市。在法国人看来，这项被称为"bricolage"（干零活）的活计向来都不是一件麻烦事，相反，在家修修弄弄被视作是让人身心放松的休闲娱乐，实乃人生至高乐趣。他们对这件事情痴迷至极，按法国人的话讲，没有什么能比让一件老器件变废为宝来得更让人身心愉悦了。法国每个城市都会定期组织当地居民在统一的时间，把家中不再需要的家具家电丢弃在指定的区域，这样做的好处不仅方便了市政府统一收集废品，而且，对于那些爱干零活的发烧友，这无疑是他们收集所需材料的天赐良机。在这些特定的日子，他们开车穿梭于城市的各个角落，通常这些人都拥有一双敏锐的眼睛,能够迅速从一堆被丢弃的物品中找出"价值连城"的好东西,这些惨遭"暴珍的天物"在不久的将来,都会在能工巧匠的修复之下焕发崭新的生命力。Leroy Merlin 等此类大卖场看准商机,他们不再满足于仅仅向顾客兜售产品,商家请来资深的"手工艺人"开设课程,帮助顾客精进个人的修理技术,这类课程往往供不应求。此外,干零活大军中的佼佼者甚至已经把这件事升华为一门艺术,他们重新排列组合所收集到的旧物件,并创造出构思巧妙的物品,它们受到广泛的追捧。法国电视一台(TF1)就此做过一期专题报道,其中有一位法国音乐家令人印象深刻,他在业余时间内同样热衷于干零活,但与其他爱好者有所不同的是,他的专长是把生活中的用品改造成可以用来演奏的乐器,落地灯被设计成吉他,靠背椅则变为竖琴,总之,只有想不到,没有他做不到的,最后,这些山寨乐器被这位音乐家全部搬上了舞台,并以此为主题举办了一场别开生面的音乐会,观众为其音乐以及精湛的手艺所深深折服。

对于大多数的法国夫妻而言,他们在家庭里各司其职,发挥着大相径庭的作用。法国女人负责购物,掌管厨房,并操持绝大部分的家务事,而敲敲打打的活儿则由法国男人一手包办。就像烹饪食物的水平高低决定了一名法国主妇的优秀程度,要判定一个法国男人是不是靠得住,则要取决于他在干零活时,手艺是否足够娴熟:房子的屋顶是不是能够按时完工,家里供应暖气的锅炉能否在严冬到来之前顺利完成更新换代,阁楼里的老家具是否可以变废为宝,所有这一切全都要考验一个法国男人的自我修养。女人管住男人的胃,才能管住男人的心,同样,男人要想在女人面前顶天立地,则必须把零活干好。另外,家中工程的进度以及与此相关的趣事也是法国男人聚会时常常侃侃而谈的话题之一,"昨天,我在清理酒窖的时候,竟发现了一瓶我们二十年前结婚时父亲所赠送的红酒,要知道,它早就被我们忘得一干二净了"。类似这样的故事层出不穷,这无疑是法国男人在餐桌上最绘声绘色的谈资,因此,一个法国男人若是平日里不做点零活,那么,在进行此类谈话时,他将会显得与人格格不入。

超级马里奥

　　我们第一次到访维莱特城堡(château de villette)是在九月末的一个周六早晨,令人惊讶的是,城堡内空无一人。这个星期的早些时候,在因缘巧合之下,我从那堆塞满家中信箱的广告单中获知,这座 18 世纪建成的城堡目前正在提供承办婚礼的服务,而这恰恰正中我的下怀,要知道,这些日子以来,我疲于奔命所寻找的,就是这样的一座古堡。于是,在这个周六的早上,我们特地驱车前来它所在的所罗涅湿地(Sologne)一探究竟。

　　庄园的正门大开,周围却空无一人,我们小心翼翼地进入庄园,试图寻找到城堡主人的踪迹。通向古堡的小径上有一条幽静的长廊,中间饰有罗马式的喷泉,在它的尽头,一片绿油油的草坪映入眼帘,维莱特城堡则庄严典雅地坐落在它的正前方。走近城堡,我们却发现它的大门是紧闭的,且古堡内万籁无声,看情形,主人应该是外出了,我们对自己的坏运气实在大感失望,于是悻悻然地准备打道回府。就在我们转过身刚要往回走的那一刻,忽然,我们隐约望见,一个人影从草坪远处向古堡走来,我们重燃希望,想必,主人回家了。随着人影越来越近,我们渐渐看清了她的样子,这是一位气质绝佳的法国女人,年龄应该在 40 岁上下,身材匀称、容貌俊俏,可是,让我费解的是,她的穿戴却与她的气质大相径庭,你看,她一手拿着一根细长的小木棍,另一只手则握着一把锋利的小刀,并且手臂上挎着一只藤条编的篮子。老实说,这样的形象让人联想到的是在地里辛苦劳作的农妇,而城堡的主人在我们的想象中,即使不是浑身珠光宝气的贵妇，也至少应该穿戴华丽才对，怎么可能是我们眼前这位女士如此这般的形象，难道，她不过是古堡中的一名园丁？

娜塔莉（Nathalie）打消了我们的疑虑，她郑重其事地向我们宣布了她作为城堡主人的身份，我们随后也立马表明来意，并对擅自闯入庄园表示抱歉。"真是棒极了！我敢保证，在这里你们一定能够留下最美好的回忆！"娜塔莉对于我们想要在维莱特城堡举办婚礼的计划欢欣鼓舞，"另外，假使你们打算为婚宴准备上一道配有蘑菇的主菜，那么，我可以向你们提供最富有营养的野生蘑菇，你们看，这些刚从森林里出土的蘑菇可要比那些成天不见天日的工业品好得多。"说完，娜塔莉向我们展示了藤条篮子里那些仍旧带着泥土的蘑菇，"这可是我今天一早上的战利品！"她自豪地说。我方才恍然大悟，心中顿感自己愚钝，我怎么就没看出，娜塔莉的这身行头分明与"采蘑菇的小女孩"是如出一辙。

如果要评选出法国人最钟爱的十项大众运动，那么，采蘑菇必定名列其中。我第一次听见酷爱阳光的法国人对阴雨天气发出啧啧称赞便是在某一个秋天的夜晚，"这场雨下得实在恰到好处！明天早晨是去森林里走一走的好机会，要知道，秋雨可是蘑菇最好的助长剂。"据法国真菌学协会（Société mycologique de France）统计，法国本土生长着大约16000种蘑菇，其中的1384个品种是可供食用的，它们遍布整个法国，但凡有森林植被之处，便能轻而易举地发现蘑菇的踪影，而法国广袤的森林面积无疑有利于此项采摘活动的展开。几乎所有的法国人都有过以下的经历：在秋季某个周末的前一晚，一场连绵细雨悄然而至，于是，周日家庭聚会的时间从原先的中午被大大地提前，一家老小全数换上运动装，并随身携带几把小刀、细长木棍以及藤篮。待一切准备就绪后，便可以开始埋头走在雨后的森林里，最有效的阵型是一家人成一字型排开，这样的话有助于在稳步向前推进的同时获取最大的搜索面积，每个人的脖子则需来回做180度的转动以扫视每一寸目光所能及的土地。此时，一旦有人发现了蘑菇安身处的蛛丝马迹，便大吼一声叫来身边的同伴，但切忌不可轻举妄动，要先行使用细长木棍轻拍蘑菇周围被树叶泥土覆盖的地方，因为或许那里正躲藏着一条伺机而动的毒蛇。等所有的安全隐患都被一一排除,这时便可放心地蹲下,用小刀割断蘑菇,仔细地放入藤篮后就大功告成了,运气好的话,不到中午这家人便能采集到足够午餐所食用的蘑菇了。当然,并不是所有的蘑菇都可供食用,有些是含有剧毒的,据法国卫生部(Ministère de la santé)发表的报告显示,法国每年都有上千起因误食毒蘑菇而引发的中毒事件,其中的一些案例造成了受害者严重的消化道损伤,因此,如果无法自行判定那些玲珑可人的蘑菇是否有毒,则需请教身边的蘑菇达人,这个角色常由老祖母和祖父担当,能够获此殊荣绝不是因为他们最年长,而是他们通常能够识别种类最多的蘑菇,要知道,在老祖母年轻时的那个年代,法国人可要比现在更热衷于采蘑菇这件事。当然,也并不是所有的蘑菇老祖母都能够一眼识破此中端倪,最难的鉴别工作还需要求助于当地的药房(Pharmacie),那些博学多才的法国药剂师们不但可以为你的皮肤指点迷津,而且,判定蘑菇有毒与否也是他们的日常职责之一。只可惜,目前掌握此项技能的药剂师呈逐年减少之势,这是法国老一辈批判现代法国正在逐渐丧失传统的又一佐证。此外,还有一桩事情与法国人的健康息息相关,那便是大名鼎鼎的法国蜗牛,它们的习性与法国人相似,在一场绵绵细雨过后,蜗牛们同样会倾巢而出去寻找作为食物之用的蘑菇,只是,它们可没聪明到足以甄别有毒的蘑菇,所以,当法国人兴致勃勃地从森林中采集到足够多的蜗牛,并准备以此做一道正宗的法式烤蜗牛之前,必须让这些贪吃的蜗牛们绝食三天,排毒清体,方可安心食用。

在法国人的16000种蘑菇中,有一个品种闻名天下,毫不夸张地说,此乃蘑菇中的王者至尊,它即是大名鼎鼎的松露(Truffe)。这种外形黝黑的"黑疙瘩"由于其独特的香气而价格不菲,因此被称为餐桌上的"黑金"。在彼得·梅尔的著作《有关品味》(Acquired tastes)中,松露的香气被描述为,"人间所无,有点难以置信,但凡气味绝佳者盖如是也。只要小小一块,连胡桃大小都不必,就可以叫整盘菜色的滋味幡然一变。"正因松露在烹饪中所发挥的神奇力量,向来都把美食奉为人生至高信仰的法国人因此视其为一种圣物。每年一月,在法国普罗旺斯的里舍朗舍(Richerenches),人们甚至会特地为松露举行一场盛大的弥撒,节日当天,那些松露俱乐部里的虔诚信徒个个身披黑色大长袍,挤满狭小的教堂,为讲道坛上摆放的本年度最优雅的松露演唱赞美诗。人们眼眶饱含泪水,感谢大自然慷慨的馈赠。我敢保证,你绝对无法在任何法国人普通的天主教弥撒中见识到如此感人至深的画面。还有一件事情有助于松露的美味在人类的口腔中被发挥得淋漓尽致,那便是它高昂的价格。根据彼得·梅尔 1987 年在普罗旺斯的松露买卖市场上了解到的价格,即使在那个年代,松露也要卖到 1 公斤 200 英镑左右,而它的价格在近 30 年里更是有增无减。然而,正所谓无敌就是寂寞,当囊中羞涩的食客历经思想斗争,狠下决心点餐入座后,作为所有食客的敌人——"价格太贵"——于是终于被美食的诱惑所打败,而此时,没有什么事情比大口咀嚼"敌人的尸体"来得更让人身心舒畅的了,所以说,将来松露的价格如果不再继续昂贵,那么,便是它从神坛跌落的那一刻。其实,松露的高价是天生所致,因为无论农学家如何努力,他们还是无法找到人工栽培松露的诀窍,所有的松露只能靠人一颗一颗采集得来,由此耗费的人力可想而知。所幸,重金之下必有勇夫,采摘黑松露这项活计的利润非常丰厚,因此,在它的产地普罗旺斯,永远不乏狂热的"淘金者"。当然,并不是所有人都能够轻松胜任这项工作,寻找松露的踪迹可不是一件容易事,通常,松露都生长在地下,躲藏得非常隐蔽,唯有最富经验的采集者才有可能知道它们的藏身之处。最常见的采集方法有如下三种:第一种是用小木棍轻轻地拨动橡树根部周围的泥土,观察有没有苍蝇从中飞出,据科学家的报道,苍蝇最喜欢在松露上下卵了;第二种则是携带一条训练有素的松露猎狗,在训练时,把松露酱涂在猎狗喜爱的食物上,久而久之,它就能够对松露的味道产生本能反应;最后一种方法最为行之有效并同时把娱乐精神发挥到了极致,这次,松露猎人换成了肥头大耳的猪,并且必须是一头母猪才行,据说松露的味道能够诱发母猪的性冲动,所以它们是天生的松露捕手,但必须注意的是,母猪的主人需要拥有足够结实的肌肉,这样才能保证可以及时拉开那只发现松露后兴奋到难以自控的母猪,否则,被它们破了相的松露可卖不出好价钱。有鉴于此,我建议养猪的农户大可在猪饲料中放入些许的松露,这样做不但有利于让猪肉的味道更加的香气四溢,而且,食用过松露的母猪也必定在饱餐过后而思淫欲,从而为农户多多地生养小猪猡。更有趣的是,相传,松露的催情效果不但对母猪有用,而且对同为雌性生物的人类女性也具有相同的功效。法国美食家萨瓦兰(Brillat-Savarin)在他的著作《厨房里的哲学家》(Physiologie du goût)中就记载了这样的一件轶事:一对夫妇邀请朋友前来家中吃晚餐,但丈夫因为有急事很早就出门了,留下了自己的妻子和朋友两人继续共进晚餐,而当天的主菜恰巧就是松露煮肉,这位朋友是家里的常客,更是个不折不扣的正人君子,但是,那天晚上朋友与女主人的谈话内容却越发亲密,且越来越挑逗,以至于两人差点越过道德的边界,好在女主人最后把持住了自己,事后,女主人把这都归罪于松露的春药作用,让她再也不敢吃了。所以,松露对母猪和女性在催情效果上的惊人相似再一次论证了科学家的研究成果,根据刊登在《自然》(Nature)杂志上的一篇论文,科学家发现猪拥有与人类非常相似的基因特征。这绝对具有重要的现实意义,它至少给广大的男士提供了一个追求女生的有效方法,那些打算表白的男士如果想要提高胜算,那不妨就邀请自己爱慕的女孩去到一家法式餐馆用餐,并大方地点上一盘用松露做成的主菜,最后,在红酒的助兴下把握时机深情表白,我相信,任何矜持的女生此时都会败下阵来,幸福地投入男士的怀抱。当然,这一切的前提是,男士需要足够富有才能点上这样一道用"黑金"制成的佳肴。

最后,我还想说一件有趣的事情,我们小时候都玩过一款叫做《超级马里奥》的游戏,但恐怕很少有人知道,这款世界殿堂级游戏中的双胞胎主人公——马里奥兄弟——的名字其实源于一部1953年的法国电影《恐怖的报酬》(Le salaire de la peur),这部电影主人公的名字就叫马里奥,所以,你仔细看,马里奥的形象是如此贴近法国人的气质:大鼻子,头戴大红帽,身穿背带裤,还留着大胡子。最关键的是,这解释了困扰我整个儿童时代的一个疑问,那时,我时常在想,在马里奥兄弟的世界里,为什么会有那么多具有神奇功能的蘑菇呢?

脚踏实地

在娜塔莉女士的引领之下，我们参观了维莱特城堡中的宴会厅，所有的婚宴都被安排在此进行。由于古堡的地理位置恰好坐落在法国著名的狩猎圣地——所罗涅湿地上，因此，这里见证了历史上的贵族们前来狩猎并在此歇脚的奇闻轶事，这些故事从宴会厅四周墙上所悬挂的兽头以及绘画中便可窥见一斑了。城堡古朴典雅的氛围让我们已经完全沉浸在对于浪漫婚礼的憧憬中，"另外，"娜塔莉指着窗外那片宽阔且绿油油的草坪对我们说，"届时，婚宴之前的酒会完全可以在草坪上举行，我会提前搭好帐篷和吧台。要知道，想让那些挑剔的客人宾至如归，最好的办法就是让他们脚踏实地。"

在法国举办婚礼，在晚宴之前，主人通常都会安排一场两个小时左右的酒会，这可是主人与宾客碰杯并向他们致谢的重要环节，对于客人们而言，他们则可借此场合与多日未见的老友交谈，当然，这同样是那些单身男女们结识异性的绝好良机。如果天气和场地允许，这场重要的社交酒会一般都会在室外的草坪上举行，这样一来，不但能够为此营造轻松随意的氛围，而且，还有如下的诸多优势：首先，有为数不少的客人将会携带孩子前来参加婚礼，在父母把酒交谈的同时，如何打发孩子的时间成了一个大问题，此时，若有一块硕大的草坪供孩子们追逐嬉戏，那无疑让大人和小孩都各得其所；二来，西式婚礼大多设有新娘背对未婚女宾客，并向其抛掷捧花，从而传递幸福的环节，室外的环境无疑更有利于此项活动的施展；再有，法国人不论男女都嗜烟如命，在两个小时的时间里,每人消耗掉五六支烟简直就是小菜一碟,然而,法国室内是禁烟的,所以,为了防止客人烟瘾发作,草坪酒会是最贴心的选择。最后,至关重要的一桩事情在于,法国人的双脚天生就喜欢被安放在他们所钟爱的土地上,按娜塔莉的话讲,这让他们感到安心、愉悦、身心舒畅。

有一则关于法国人的笑话广为流传:据说,上帝在创造世界的时候,一不小心,把好山好水全都给了法国这片土地,于是,为了平衡一下,上帝又在这片肥沃的土地上创造了法兰西民族。此笑话虽不免有贬低法国人之嫌,但是,有一点却实在是千真万确:大自然无比垂青法国。这片土地拥有世界上最多姿多彩的气候和地貌,巴黎四周是广阔的平原,地中海以北则为高原,西南部的巴斯克地区是一片苍茫的雨林,中部有活火山和湖泊,西部则拥有绵长的渔业海岸,阿尔卑斯山更是终年积雪,正因如此,这造就了法国土壤的多样性,使得法国人几乎可以种植任何种类的农作物。法国自古就是农业大国并且极度重视农业的发展,经济学上的重农主义就诞生在 18 世纪末的法国,它主张唯有农业才是创造财富的产业,而其他行业不过是已有东西的排列组合罢了:一把椅子只是把林中的树木分解组合的结果,没有任何新的因子,相反,农业生产则可以创造出大量的新东西,是真正增加社会财富的产业。这种重农的思维被保留至今,直至今日,农业仍旧被法国人认定是立国之根本。每年 2 月底至 3 月初的这段时间里,从全法各地通往巴黎的各条高速公路上都有一道别样的风景线,那些运载着牛羊猪马的货车似乎一夜之间就倾巢而出,把高速公路挤得满满当当。货车里的家畜则个个都威风凛凛、趾高气扬。其实,它们的骄傲并非空穴来风,要知道,它们可不是那些即将被送去菜市场的普通牲畜,它们此行的目的地是一年一度的巴黎国际农业展(Salon International de l'Agriculture),在那里,它们将要与来自全国甚至是全世界各地的同胞们一比高下,这对于饲养它们的养殖户而言意义重大,因为如能侥幸胜出的话,这些家畜今后便能够被卖出个好价钱,农场的名声也将随之大振。巴黎农业展的规模是整个欧洲最浩大的,每年来此参观牛羊猪马的观众络绎不绝,除了专业的农户外,普通的法国民众同样对此项盛事兴趣盎然,他们在此不但可以有幸一睹世界上最优美家畜的芳容,而且,与此同时,还能大行吃吃喝喝之事,没有什么比这更让法国人舒适的了。此外,展览还有一些身份特殊的观众,他们的到访每年都会引来法国媒体的争相报道,这些人作为各自政党的领袖,来此的真实目的是为了大肆宣传自己的农业政策,并且,他们需要竭尽所能地在媒体的镜头前与农民们打成一片。大家的心里都明白,他们在此的表现将直接影响下一次大选的最终结果,前法国总统希拉克就有一句名言:"总统候选人的成败,牛屁股上见分晓。"这位向来在农业展上大受农民欢迎的总统就是一位不折不扣的"拍牛屁股能手",他还时常在各种牲畜的摊位前流连忘返,对地方土特产更是来者不拒,这些细节曾经都为他赢得过关键的民意。

希拉克在巴黎农业展

图片来源:http://www. ladepeche. fr/article/2008/02/26/437647 - cohue - salon - agriculture - visite - jacques - chirac. html

曾以队长身份率领法国国家足球队夺得 1998 年世界杯冠军,并且还继续担任目前法国队主教练的迪迪埃(Didier),他的姓氏——德尚(Deschamps)——倘若从字面上直接翻译成中文的话,意思则是"从田里来的人",持有此姓氏的法国人,其祖先在历史上都依靠土地而生,类似这样与土地相关的姓氏在法国比比皆是，比如 Desgardin，就是"从花园里来的人"。由此可见，从某种意义上来说，法国人对于土地的浓厚情感来源于对祖先的继承，是深深植入血液中的基因。然而，随着工业技术的发展以及法国农业机械化程度的日益提高，目前，法国职业农民的数量正在日益减少，占总就业人口的比例已经不足3%。但值得说明的是，在法国，农民绝对不是一项受到轻视的职业，相反，此项职业在这片土地上神圣且受人尊敬，否则，那些精明的政客也用不着千方百计地去讨好这些农民了。法国人有一出叫做《玛利亚·博丹》(Maria Bodin)的双人情景喜剧，它讲述的是87岁的农妇玛利亚与她的儿子在农场中趣味横生的生活。此剧在1994年一经推出便风靡全法，它一年一度的夏季巡演场场观众爆满。法国人对此剧趋之若鹜的原因就在于，他们内心无比羡慕农民在农场中所过的日子。因此，有越来越多的法国白领选择放弃在城市中高薪资的工作，毅然决然地来到乡村，买下属于自己的农场，每天种地放羊，这项起早贪黑的工作绝不比那些在办公室里的职员来得轻松，况且，为了让牲畜们得到妥善的照料，他们有时还不得不放弃法国人最为珍视的度假时间，但即便如此，他们也无怨无悔、自得其乐，能够为了理想而活无疑是他们人生的一大幸事。当然，还有一部分没有足够魄力放弃安逸生活的法国人，他们虽说暂时不能以土地为生，但这却丝毫不妨碍他们绞尽脑汁利用业余时间在土地上及时行乐，几乎所有法国家庭都会在自家房子的花园中开辟一块园圃，他们种上各种各样的花卉、蔬菜、水果，甚至还饲养鸡鸭鹅等小家禽，这让他们忙得不可开交，难怪那些专卖花园用品的商店(Jardinière)永远都是人头攒动。即便是那些居住在公寓里的法国人，市政府也为他们想出了好办法以获得这项天赐人权，比如巴黎，还有我们所在的奥利韦小镇，市政府在社区的公共用地中特地划拨出了一块土地，免费租赁给当地的居民供他们耕种，这项深得人心的措施使得居民对于地方行政当权者的好感陡然大增。所以，你看，政客把法国人与土地的那些事儿妥善处理了，他便能获得民众的拥戴。

另外，法国人的土地还与一项他们所崇尚的至高信仰——美食——

紧密相关。在法餐中,烹饪并非一个孤立的过程,它正是土地的一种延伸,或者说,是一种增值系统,而如果想要改善菜肴的味道,那就必须先从源头入手。正因如此,法国餐馆里的食客始终坚持不懈地要求被告知他们盘中食物的来源,这对于判定一道法餐好坏与否至关重要。要知道,法国的每个地区、每个农场都有自己所擅长的食材,比如,吃着葡萄叶长大的勃艮第蜗牛(Escargots de Bourgogne)拥有最优良的肉质,布列塔尼的朝鲜蓟(artichaut)则名声在外,出自不同养殖户之手的牛排其味道也是相去甚远,所以,一名优秀的法餐大厨常常亲自走访各地的农场,仔细考察蔬菜牲畜的生长环境,因为只有这样才有机会寻找到最令人满意的食材。另一些顶级的餐馆则索性亲力亲为,在餐馆的后院开辟园圃,根据大厨的菜单种植所需的蔬菜,如此行事不但可以更好地掌管食材的质量,而且,还有一项好处,那些饱餐后的食客完全可以在用餐结束后,顺便去到园圃参观刚刚下肚的蔬菜之原产地,并亲身感受一番泥土的气息,这无疑有益于法国人的消化系统。相比较于法餐,我们中餐的大厨实际上更加擅长烹饪的技巧,一个好的中餐师傅不论食材的出身,有什么就做什么,所烹饪出的菜肴可以做到一如既往的美味可口,然而,法餐则更在意食物本身的味道,这考验厨师有关土地的了解,也正因如此,很难直接比较中餐大厨和法餐大厨的孰优孰劣,大家擅长的东西本来就不尽相同。

毫不夸张地说,不仅仅是法餐,法国土地的多样性造就了这个国度众多知名行业的兴盛。法国最受人敬仰的总统夏尔·戴高乐(Charles de Gaulle)曾在一次采访中调侃道:"有谁能够统治一个拥有365种奶酪的国家呢?"为了说明法国人思维活跃且难以管理,戴高乐搬出了此项赫赫有名的法国食品,正如总统所言,法国奶酪的种类多如牛毛,我相信即便是法国人,也很少有人能够在其一生的时间里尝遍法国所有的奶酪。无可否认,法国奶酪的千变万化一部分源自于每位手工艺人独特的制作工艺,但是,在我看来,更重要的诀窍还在于密布全法的奶酪产区,显而易见,全国各地多样性的土壤孕育着各有特点的牧草,以此为饲料的牛羊则必然产出口味多变的奶制品;再有每个地区特殊的气候条件推波助澜,繁殖了不同的细菌以帮助奶酪成熟,这才最终造就了"365种"天天都不重样的法国奶酪。所以说,法国奶酪享誉世界的秘诀说到底还是因为丰富多样的土地,法国香水、化妆品、葡萄酒的成功亦是如此。众所周知,香水的气味以及化妆品里的成分大多都从植物中提取,然而,无论是植物还是葡萄的质量同样全都取决于土壤的优劣,并且不同特性的土壤培育出多样的植物,最后促使法国香水和葡萄酒的气味千变万化、多姿多彩,所以你看,一切问题的本质又绕回到了土地之上。法国人当然清楚自己成功的关键所在,于是,他们别出心裁地创造了一种系统——原产地命名控制(Appellation d'origine controlée,简称AOC)——用以保护农产品的多样性。这个系统最早可以追溯到15世纪查理六世给法国最著名的奶酪品种之一——罗克福尔(Roquefort)——所颁发的特殊证书,目的是为了杜绝假冒,保护当地农户的利益,从而促进罗克福尔奶酪的健康发展。在AOC的规范中,只有符合三个条件的奶酪才能被称为罗克福尔:制作奶酪的奶源取自当地牧民的羊;羊的饲料来自当地的土地;奶酪则必须是在当地的地窖里发酵成熟的。如此严格的规定保证了罗克福尔奶酪的正统以及其在市场上的稀缺,这使罗克福尔当地小作坊里的奶农们至今仍旧有利可图,否则,他们恐怕早就被那些大规模工业化的厂商逼得关门大吉了。当然,AOC系统同样适用于其他与农业息息相关的产业,比如大名鼎鼎的葡萄酒、法国南方的特产橄榄油、法国人的国鸡——布雷斯鸡等都在此行列之中。我们中国人对于"法国制造"的推崇有时甚至超法国人自己,特别是葡萄酒、香水和化妆品,然而,我们对于法国人在这些行业中的成功几乎全都简单归结于"他们很浪漫",这有时不免误导了中国的企业家,其实,中国人如果想把自己民族的这些产业发展起来,那么,最重要的并不是那虚无缥缈的浪漫,对于土地的热爱与保护才是此中关键。

至于维莱特城堡,不论是对它本身,还是对它的主人娜塔莉,我们皆称心如意,于是,我们双方当即就签订了租赁合同,并且,让人惊喜的是,鉴于我们是在此城堡举办婚礼的首对亚洲新人,我们获得了前所未有的折扣价。

左邻右里

"先生女士，恭喜你们！在你们正式举办婚礼之前，只剩下最后一个步骤需要完成了。"这是我们和伊莎贝利女士第二次的见面，市政府在仔细研究了我们"这一生"所有的材料之后，终于认定我们的结合不会造成法国的损失，因此批准了我们在此结婚的请求，对此，我们万分感激，准备以"上刀山，下火海"之决心去完成这最后的任务。"我们将会在你们婚礼前的二十天，在市政厅的布告栏上公示你们结婚的消息！"伊莎贝利向我们解释，"但是，要是你和萨科齐一样有名，那你有权申请豁免权"。

"结婚启事"（Publication des bans）是法国民法规定执行的一项任务，在这份启事中需要注明新郎新娘的姓名、职业、家庭住址以及婚礼仪式的地点，在市政府公示之后，如有人对这桩婚事持有异议的话，可以在十天的公示期间内，向市政厅提出反对意见。事实上，"结婚启事"并不是法国民法首创，早在 13 世纪，天主教会就有了此项规定，当初的本义是为了防止近亲之间的乱伦。所以，从那个时候开始，法国人便没有了秘密结婚的权利，除非他们向当地检察官申请豁免权，但获得此项权利的前提是，当事人必须证明他在法国拥有不同寻常的影响力，其"结婚启事"将有可能在法国掀起一场人心惶惶的动乱。法国前总统萨科齐和名模布鲁尼就属于这种情况。2008 年的 1 月份，他们两人在总统府爱丽舍宫举行了"秘密"的结婚仪式，他们不但没有公布结婚启事，就连布鲁尼的母亲在当时都不知情。萨科齐之所以这样做，纯属迫不得已，要知道，他是继拿破仑后第一个在任内结婚的法国总统，爱丽舍宫的内阁们实在担心他的婚讯会引发民众和媒体的骚动,因此就免去了这项规定。

其实对于大部分普通的法国人而言,他们倒是非常乐意公布这张结婚启事,许多人甚至还选择把他们的结婚启事刊登在当地小镇的报纸上,这样做不仅留下了一份珍贵的纪念,更重要的是,它还能起到对邻居们广而告之这项喜讯的作用,这有助于法国人维护自己的人际关系。"邻居"在法国人的社交概念里处在一个暧昧的位置上,它的地位介于"认识的人"和"朋友"两者之间,朋友在一起是因其拥有共同的爱好和生活经历,邻居则不同,他们是因为双方在地理位置上的近在咫尺而产生紧密的交集。也许是由于法国社区居民数量的相对稀少造成了彼此的亲切感或者说是新鲜感,总之,法国人的邻里关系反而显得比我们中国人更加的亲密。经常会在法国公寓的楼道中发生以下的一幕情景:在晚餐前,两位刚从面包店买回长棍面包的邻居不期而遇了,于是,双方暂且把晚餐抛在脑后,挥舞着手中的法棍,手舞足蹈地交谈;法国人有时候甚至还会在举办生日派对的当天,在家门前竖起牌子,贴上纸条,邀请周围路过的邻居进来喝一杯,聊聊天。法国人大都靠着这样的方式与邻居打着交道,彼此的关系融洽也富有情趣,但与此同时,大家不难发现,此类见面还尚属于非正式会谈,邻居双方并没有就聚会的时间和地点做出明确的规定,具有很大的偶然性,这与朋友的会面不同,通常朋友间的聚会都是在双方有计划甚至是精心准备的情况下发生的。这一点便把邻居与朋友这两种角色区分了开来,两者在人际关系中各司其职,而婚礼在法国就是一场与家人、朋友的聚会,所以尚未上升到朋友等级的邻居自然就不在正式受邀请的名单上。另一方面,邻居间的会谈虽非正式,但双方却从常年的对话中了解了彼此一部分的生活,他们的关系因而要超越"仅仅是认识"的范畴,这造成了法国人想告诉邻居结婚的喜讯却不能正式对其发出请帖的尴尬,"结婚启事"则恰到好处地解决了法国人的社交难题。

在 1999 年,或许法国人觉得是时候让这层邻里关系更正式一些了,于是,在协会"巴黎朋友"(Paris d'Amis)的创始人阿达那斯·培利方(Atanase Périfan)先生的倡导下,邻居节(Fête des voisins)第一次在巴黎的 17 区开始举办,这个节日通常在每年五月的最后一个星期五或六月的第一个星期五的晚上举行。节日当天,左邻右里聚在一块儿,所有去参加活动的人都会带上一道拿手菜,与邻居共同分享一顿晚餐。这个活动经过多年的发展,现在已经规模巨大,2014 年有 780 万法国人与邻居共同度过了这一天,它的出现让邻居更加正式地坐在一起交流,他们之间的关系也因此得到升华。正由于此项活动空前的成功,邻居节在法国还衍生出了其他的形式,法国国家铁路公司(SNCF)在它的高速列车(TGV)上就别出心裁地发起了邻座乘客间另类的"邻居节",SNCF 公司此前的一项调查研究表明,法国人在乘坐火车时,几乎是不与邻座交流的,为了打破这一僵局,SNCF 的工作人员在"邻居节"的这一天,把高速列车里的小酒吧装饰一新,并在广播中向乘客们宣布,"只要你勇于邀请邻座的人一块儿来酒吧喝一杯,你们俩届时都可以享用到一杯免费的饮料!"这个创意果然收到了广泛的回应,酒吧内,乘客们觥筹交错,交谈甚欢。活动成功的原因倒也不是说乘客们贪小便宜,只是这个点子让他们与邻座找到了共同的话题,一扫陌生人之间的尴尬,而一旦让法国人打开了话匣子,便很难再让他们停下来。

当然,并不是所有的邻里关系都是融洽的,法国电视一台(TF1)每晚八点半会播放一部法国家喻户晓的情景小短剧,叫做《我们亲爱的邻居》(Nos chers voisins),它刻画的是法国一栋公寓楼内的日常生活,剧中除了描述邻里间的相亲相爱,更多的则是在调侃"过道里"的尔虞我诈、勾心斗角。如果把法国人所有的邻里问题按照发生的频率,从多到少做一个排序,那"邻居家的噪音"必定名列榜首,它是最常见的纠纷。法国人素有举办派对的习惯,这项"晚间娱乐活动"若是在独门独户的房子里进行,那还尚且不至于对邻居造成干扰,但要是在公寓中举行,并且派对的主人还恰巧热衷于劲爆的舞曲,那对周围的邻居则会是一场灾难,特别是像巴黎的老公寓,隔音效果尤其差,即使打个喷嚏,隔壁邻居都听得清清楚楚,更不要说是震耳欲聋的音乐了。关于此类纠纷的新闻在法国不绝于耳,费加罗报(Le Figaro)就曾经报道过一则悲剧,一名 60 岁的法国人因敲门要求其邻居减少噪音,从而引发邻居的不悦,双方发生争吵,最后这位 60 岁的受害者被邻居一刀刺中心脏，不治身亡。所幸，此类邻里间的极端事件在法国屈指可数，一般来说，法国人都能温和地应对邻里间的矛盾，他们最常使用的方法也非常有意思，法国人会把对邻居的不满写在一张小字条上，然后贴在对方家的大门上或者窗户上，以此来进行沟通。前些时候，一些有创意的网民就受此启发，动员了一场"小字条"运动，他们把这些时而温和时而有些恶毒的字条统一收集了起来，放到了专门的网页上，与网友们分享邻居们的种种糗事，其中有一张字条是这样写的："亲爱的对门邻居，我看得很清楚，您的确有个美臀。那么现在您可以将窗帘放下来了。"

2014 年，法国人遇见了一桩烦心事，让整个法国陷入了激烈的全民辩论中。事情的起因是奥朗德总统打算减少法国行政大区（région）的数量，以此达到减少政府公共开支的目的，现在法国本土有 22 个大区，他的想法是把原来相毗邻的大区两两合并在一块儿，减少到 13 个。本来，这是一件有助于节省人力物力的好事情，法国人应该大力支持才对，但问题是，在 22 个大区里，有些大区相对富有，有些则相对贫穷，而现在富有的大区不愿意接受改革，与"穷邻居"在一块儿过日子显然会降低他们的"生活质量"。不仅如此，即使两个大区的经济实力相当，还有一个尖锐的矛盾摆在面前，他们日后不得不进行一场由谁当家作主的博弈。目前，每一个大区都有自己的首府城市，然而合并后，其中有一个大区会失去原来的首府，这样一来，博弈失败者无疑丧失了原有的地位，成为另一方的从属者，所以，大区合并的消息一出，关于谁是首府的争论就首先在两个邻居之间针锋相对地展开了。好在也并不是所有的邻居都水火不容，在自由报（Liberté）的一次调查采访中，71% 的卢瓦尔河受访居民以及 63% 的布列塔尼人就支持与对方的大区合并，因为在历史上，卢瓦尔河大区的首府南特本是布列塔尼最重要的城市，在雷恩取代它之前，南特一直是布列塔尼议会的所在地，直到 1941 年维希法国才把它人为地划分进了当时才刚刚建立的卢瓦尔河地区，所以这两个大区非常愿意重新走到一块儿过日子。

实际上，大区概念对于法国人的意义非同寻常。法语中"故乡"的写法是两个单词的组合——Pays natal，如果按照每个单词的字面意思直译成中文的话，应该翻译成"出生的国家"，所以当你问一个法国人，他的国家是哪里？他十有八九会答非所问，他不会说是法国，而是告诉你，他的家乡是在布列塔尼或是诺曼底，久而久之，你会发现，这些只不过是法国大区的名称而已。这些大区的由来可以追溯到古代的法兰西，那时的法国由一个个独立的公国——比如布列塔尼和诺曼底公国——所组成，在法国大革命（Révolution française）之后，为了消除公国的地方身份特征，法国政府在这些地方划出了人为的边界，建立了以省为基本单位的行政管理体系，到了 1956 年，基于行政技术上的考虑，第四共和国决定要整合省级的行政组织，于是规定了 22 个"计划中的大区"，而这些大区又恰好与古代的公国领地相吻合，所以，自然而然，从前的公国名称被直接拿来作大区名之用。时至今日，法国人对于地方身份的认同感还仍然极其强烈，甚至要超越对法兰西共和国的认同，"大区"作为从前"公国"的化身，在法国的意义不仅仅是行政上的一种组织，它更是法国人精神文化的家园。穿着白底蓝色条纹衫、终年与海洋打交道的布列塔尼人就是一个典型的例子，他们在法国向来是独树一帜、有着鲜明自身特征的一个族群，他们有自己当地的饮食、音乐以及语言——布列塔尼语（Breton），虽然它在法语的普及下，正在面临消亡，但越来越多的布列塔尼人意识到了这个问题，开始重新学习这门古老的语言。有一些布列塔尼民族主义者甚至认为，该地区应该获得完全的政治独立，为此，少数激进分子还选择了暴力斗争，1966 年成立的布列塔尼解放阵线（Front de libération de la Bretagne）就在 20 世纪制造了一系列的暴力活动。要求地区独立自治的诉求在法国也并非只有布列塔尼人一家，法国的科西嘉岛、巴斯克以及海外省都曾有过这方面的诉求，所幸的是，最近十年这些声音逐渐销声匿迹。

在法国，南北之间也有着差异，南方人和北方人经常相互挖苦，特别是住在马赛、尼斯等这些位于最南方滨海城市的法国人，对法国最北部加莱海峡大区（Nord-Pas-de-Calais）的北方人有着根深蒂固的偏见，电影《欢迎来北方》（Bienvenue chez les Ch'tis）就把这种偏见演绎得淋漓尽

电影　欢迎来北方

致：南方人菲利普为了能调到黄金海岸的邮局工作，使出了浑身解数甚至不惜装扮成残疾人以求加分，但最后却弄巧成拙被调派到了加莱大区最北边的小城贝尔格（Bergues）。在南方人眼里，那里气候寒冷恶劣，人民粗俗不堪，说话还带着难懂的 Ch'ti 口音，是堪比地狱的地方。然而，在与这些北方的同事们相处之后，菲利普发现一切都要比想象中好太多，他甚至还爱上了这处淳朴简单的小城。在影片的最后，菲利普接到了把他调回南方的命令，他流下了不舍的泪水，正如法国谚语所云，"外乡人到北方总会哭两回，一次是来时，一次是走时。"虽说此片为加莱的北方人正了名，但我估计也不会就此吸引到南方的法国人前来安家乐业。要知道，加莱大区自 1970 年代开始就遭受着严重的经济危机，承担着就业大任的三大支柱产业：煤矿、冶金和纺织业一蹶不振。根据法国国家经济研究统计署（Insee）在 2004 年的一项研究，加莱在经济贫穷度上位列所有大区的第三位，16.8% 的当地民众生活在贫困线以下。糟糕的还不只是经济，加莱还是成千上万名来自阿富汗、伊拉克以及其他战乱国家的非法移民聚居点，这些难民在加莱港自行搭建了难民营，那里缺乏必要的卫生设施，造成了公共健康问题。此外，难民还给当地带来了治安隐患，这源于非法移民的一个梦想，他们希望能够从加莱偷渡前往英吉利海峡对岸的英国，因为在英国，难民获得合法的避难居留证（Réfugié）要比在法国容易得多，而且在那里，他们受到更好的对待，所以在加莱港口，经常有难民试图攀爬上前往英国的货运卡车，这导致了频发的事故，为此，英法政府长时间以来从未停止过对这一问题的交涉。因此，无论从哪个方面看，加莱都不会是南方人生活工作的首选目的地。

回到大区合并这件事上，奥朗德最后还是勉强协调好了大区"邻居们"之间的矛盾，从 2016 年起，将正式把 22 个法国本土的大区合并成 13 个，减少财政开支指日可待，但是，如果若干年后，法国财政赤字仍然严重，总统又该如何行事呢？他还有其他的办法吗？我倒想为他提个建议，到那时，他大可把这剩下的 13 个大区再一股脑儿彻底合并成两个区域，分成巴黎大区以及除此之外的外省大区。这样的分法是能找到理论根据的，法国人一直把巴黎视作法国的中心，不，更确切地说，是宇宙的中心，巴黎人也自然而然地把其他大区的法国人统称为外省人。作为世界的时尚首都，他们甚至有资格放出狠话，判定"外省人都很土"，而另一方，外省人自然也不甘示弱，回应说"这些穿着高级成衣，终日忙碌的巴黎人，根本就不懂得什么才是生活"。法国在历史上是没有今天的国家概念的，今天的法国领土，在不同的历史时期，属于不同的领主，所以法国人至今能抓住的文化源头就只有从西岱岛（Ile de la cité）发展出来的巴黎而已。你看，法国四通八达的铁路网络，几乎每条主干线路都要经过巴黎，这足可以说明巴黎当仁不让的重要地位。在中国，如果说还有北京与上海之争，那么在法国，巴黎则是唯我独尊的政治经济中心。不过，话又说回来，我所建议的大区分法虽有道理，但这或许会给第五共和国带来前所未有的社会不安定,你想,原本那些彼此分离的大区之间还会相互明争暗斗,倘若有一天这些"外省人"全都被划分在一个大区里,利益被捆绑,那难保他们不会串通一气,把矛头齐刷刷地直指目中无人的巴黎。届时,这个时尚之都很有可能会被来势汹汹的口水战所淹没,倘若巴黎人再胆敢以权力中心之态强行镇压,那习惯了大革命的法国人必定把巴黎也当作是巴士底狱,一口气给推倒了。

在欧洲大陆上,法国也有着为数众多的邻国,无论是在历史上各自作战的年代,还是现如今欧盟一体化了,法国人与这些邻居的关系一直都是亦敌亦友,没有永恒的朋友,也没有永远的敌人。其中最重要的邻居当属英国人,在地理位置上,法国人和他们之间面对面地隔着一条英吉利海峡,打一个比方,这"两家人"的关系就好比是阳台对着阳台的前后楼邻居,各自的生活——不论是想让对方看见的还是不愿意让对方知道的——都隐隐约约地暴露在彼此的视野里,久而久之,双方变得很清楚彼此的生活作息习惯,所以,前后楼邻居的关系比起隔壁邻居来得更加微妙。英法之间就是这种情况,他们交往的悠久历史让各自非常了解对方,英法有过世界战争史上最长的百年战争,也有为了新大陆而战的七年战争,但另一方面,在一战和二战中,他们却又变成盟友并肩作战。正是在长时间敌友角色转换的过程中,英国人和法国人站在不同的角度观察了对方,从而一步一步摸清了彼此的脾气。有意思的是,在共同经历了那么多的战争后,英法两国人给对方留下的最深刻的印象倒并不是政治军事,也不是经济,而是各自的饮食,两国人都以此来调侃对方,法国人说英国人除了"炸鱼薯条"外乏"膳"可陈,并且嘲讽"英国人杀羊杀两次,一次夺去羊的生命,一次夺去羊的滋味。"而英国人也送了法国人一个绰号,叫做"青蛙先生",因为他们觉得未开化的法国人连青蛙腿都吃得那么香,还有什么不敢往嘴里送的。所以,不管是政治还是经济,这些东西在历史的长河中都只是一时的,真正能流传下来让两国人民记住的还是双方的文化。

如果说英法两国之间的调侃还尚属克制,那法国人对比利时人的污蔑简直就是丧心病狂,有一个法国人所编造的关于比利时人的经典笑话:"为什么比利时人换灯泡时需要五个人? 那是因为一个人要站在桌子上握住灯泡,其余的四个人则每人抬桌子的一边,绕着灯泡跑,一圈,两圈,三圈……"相似的段子还有很多,比利时人在这些故事里都被法国人塑造成大傻帽儿的形象,愚蠢至极。不仅如此,比利时人的法语口音也时常被法国人拿来嘲笑。众所周知,靠近法国北方的比利时南方人也讲法语,但天生有着浓重的口音,据法国人判定,比利时人的法语比较偏并且有些轻快,导致听久了会感觉他们在说笑话或者脱口秀,因此,法国人调侃道,"比利时人说话可比我们北方的农民还要北呢"。除了比利时人惨遭法国人的"恶语相向",同样有法语区的瑞士人也没能逃脱被法国人嘲笑的下场,法国人觉得瑞士人说法语不但有口音,而且说话的语速还特别慢,跟个老头子似的,所以,不怀好意的法国人在模仿瑞士人时总是故意把尾音拉的冗长,表情则像中了风,滑稽极了。

　　说句公道话,无论是瑞士人还是比利时人,在历史上与法国人几乎一直相安无事,可为什么法国人偏偏就咬住他们不放呢? 相反,在素有积怨的德国人面前,法国人倒从不敢放肆,礼让有加,这实在不符合人之常理。后来我算是大概看出了一些端倪,一句话总结,就是法国人专挑软柿子捏,而德国人比法国人实在要强得多,所以"太硬了咬不动"。大家都知道,在近代的几次大战中,德国人都把法国人虐得很惨,找不到一点自尊心,哪怕是现在,在刚刚过去的那一轮经济危机中,德国人的表现也远好过法国人,经济回暖速度强劲,反观法国人,失业率节节攀升,倒闭的公司数不胜数。在欧盟里,德国人更是牢牢地坐着掌门人的位置,法国人顶多算个"副班长",这些都让他们在德国人的面前像是只泄了气的皮球,因此也就只好找比利时人和瑞士人来出口恶气了。

时尚法国传统式

　　"这就是你的新娘在婚礼当天将要穿的婚纱吗?"在看到请帖上的照片时,我的忘年交贝蒂(Betty)有些惊讶地询问我。她是一个已经退休了20年的法国老太太,十年前先生过世后,为了重新找回生活的动力和乐趣,她决定将家中剩余的房间出租给当地的学生,我们的相识便是通过其中一个房客的介绍,从那之后,我们的友谊在日积月累的交流中不断地得以深化。"对,就是它了,这可是我们在中国拍摄的婚纱照。"我指着自认为拍得还不错的照片,洋洋得意地回答贝蒂。在和城堡主娜塔莉商谈好租赁合同之后,没过多久,市政厅的伊莎贝尔女士也通知了我们举行婚礼仪式的时间,就安排在今年十月底的一个周六,这两桩至关重要的事情有了着落,我们便安心飞回国内处理其他与婚礼相关的琐碎事,拍婚纱照便是其中之一。

　　"但问题是,你们那个时候还没有正式结婚,怎么能提前拍婚纱照呢?"贝蒂若有所思地追问我,"要知道,在法国,新郎在婚礼前是不被允许提前见到新娘的婚纱的!"贝蒂略微提高了一下嗓门,以一个老法国的身份郑重其事地向我宣布了这条高卢规则,仿佛我犯下了不可饶恕的错误。果不其然,此条规则被其他收到请帖的法国朋友也纷纷重申了,原来法国人的习俗与我们中国人不同,他们的婚纱照实际上就是婚礼当天的写真,法国人并不会像我们那样在婚礼之前预先拍摄婚纱照,因为有一个法国传统是这样说的,"假使新郎在婚礼举行前就见到了新娘的婚纱,那么不论他是有意还是无意,则都将带来不可预知的坏运气"。虽然乍看之下,这项传统不免有迷信鬼神之嫌疑,但是,后来婚礼当天我们遭遇的那场前所未有的滂沱大雨倒让我们开始重新审视这条规则,我们不得不承认它所承载的某种神秘力量,并且发誓,要以自己的惨痛经验为例告诫那些尚未结婚的朋友,"婚纱绝对不能提前让未来的先生见到"。

五月铃兰

法国人向来都引领世界时尚的潮流,巴黎更是人们趋之若鹜的全宇宙时尚中心,任何与法兰西能扯得上一点关系的时装、皮包都身价倍增,但是,对法国不甚了解的人却很少清楚法国人的另一面,法国人其实在时尚之余,同样也是一个拥有众多传统习俗的民族,时至今日,他们仍旧矢志不渝地实践着先祖遗留下来的古老传统,每一代人与上一代人之间几乎完美无瑕地实现了传承,所以在现代法国人的一言一行中,你完全可以想象得出他们祖先当年生活时的样子,从这个意义上讲,法国人是时尚与古老的混合体,并且把两者演绎得毫不冲突。每年的5月1日,在朋友和家人之间,法国人会相互赠送上一束叫做"五月铃兰"(Muguet de mai)的花卉,这些形似铃铛的纯白色花朵被法国人认为象征着这一年生活的幸福美满,而这个传统最早可以追溯到16世纪的文艺复兴时期,当时的法国国王查理九世(Charles IX)在每年的这一天都会贴心地向法兰西宫廷里的女士送上一束铃兰,以感激她们的辛勤劳动。也许是法国人觉得国王的做法十分绅士，又或者是对白色"铃铛花"的喜爱，总之，从那之后，"五月铃兰"在法国就成为了5月1日所不可或缺的一种象征和礼仪，一直被法国人保留至今，现如今当你看到法国人相互馈赠铃兰花的时候，你或许可以试着感受下500年前的查理九世当时想要表达的一种情感。更加有趣的是，一向忌讳数字13的法国人偏偏认为，能够在一根细枝上同时开出13朵的铃兰花是此中的极品，它非但不会带来厄运，相反，这是喜事即将到来的一种征兆。像这样古老的传统在现代法国还有许许多多，它们没有成为博物馆讲解员口中的历史故事，而仍然在法国人的生活中占有非常重要的一席之地。

说句老实话，类似于"五月铃兰"这样的习俗对我们中国人来说一点也不稀奇，就好比我们中秋节要吃月饼、认为数字6代表顺利如意是一个道理，就算是有关结婚的习俗，传统的中国人也同样有自己的讲究，比如新郎在婚礼前夜切忌一个人睡新床，因为这样有婚后孤独的寓意，不吉利。因此，中国人在这些事情上其实和法国人如出一辙，都是非常传统的民族。可是，不得不承认的是，在近十几年的时间里，情况发生了翻天覆地的变化，可以明显地感受到，我们中国人在迅速地丢失对传统的敬畏之心，特别是在以美国文化为主导的全球化浪潮面前，我们几千年的传统似乎很快就败下阵来，一些习俗逐渐地淡出了我们的视野。越来越少的人会选择在端午节自己动手包粽子，城市年轻人庆祝中国春节的热情早就已经追赶不上圣诞节，好莱坞电影更是占据了中国绝大部分的票房，美国价值观则借此渗透在中国的大众文化里。与此同时，一些珍贵的手工艺职业也在快速地销声匿迹，取而代之的是大规模的工业化生产，这类工厂以其低成本的产品造价，使得生产同类型产品的手工作坊毫无生存空间，结果造成市场上仅剩下了千篇一律的制式化产品，没有任何个性可言。相比较之下，法国人则出色地保留了自己的民族传统，"五月铃兰"就是其中的一个例子；至于本土的电影票房，法国影片在与美国大片的较量上也一直占据上风，近几年的年度票房冠军清一色都由法国电影所取得；另外，法国手工艺职业同样生机勃勃，这些手工制品的价格虽也远远高于大规模生产的工业品，但讲究传统的法国人愿意花更多的价钱得到高品质的产品，他们希望法兰西民族的辉煌技艺得以流传。法国人所取得的这些成绩要归功于他们在全球化上的审慎作风，可以这样说，他们对这场由自己的老盟友美国所发起的运动始终持有怀疑的态度，特别是在文化领域，法国人直言不讳地斥责这是美国文化的入侵。因此，法国人在与美国人的贸易往来中已经多次搬出"文化例外"（L'exception culturelle）原则，这条由法国人首创的概念认为，文化不同于其他商品，不能够被列入一般性的贸易中。最近，在欧盟和美国之间"跨大西洋自由贸易协定"（TTIP）的谈判中，法国人就反复强调"文化应该例外"，力求要将电影和数字媒体领域排除在谈判的内容之外，而美国人坚决不同意法国人的观点，并且对法国人在谈判中的重重阻挠大为恼火，但是，法国人可不会为了讨好美国人而放弃对自身文化传统的保护，所以双方至今都僵持不下。

作为热爱传统文化的一种自然延伸，法国人非常痴迷于一些古老的"旧货"。在法国，有一些上百年的工厂，它们从前生产钉子、丝带等在现在看来比较低端的产品，随着科学技术的进步，这些工厂已经不能再继续创造经济效益，在市场经济的社会里，毋庸置疑，这些厂家应该早早地关门大吉，把场地转让给其他高新技术的公司，但令人意外的是，法国人并没有如此行事，法国政府竟然别出心裁地把其中的一些老厂家列为了文化遗产，并拨出专款用于修缮和维护工厂里的老机器。目前这些老厂一律对外开放，可供游客参观，在络绎不绝的游客中，不乏一些厂里原来的退休职工，当他们看见自己操作了一辈子的机器，仍然完好无损地在运作时，很多人都为之动容、热泪盈眶。法国人变废为宝的实例还有很多，烧煤炭的老火车被他们用作旅游观光、废弃的铁路轨道上开发出骑自行车的生态运动线路、退役的水电站也可提供参观服务……这些原本被认为已经不再"经济"的事物，在妙手回春之下，竟重新创造出价值。其实法国人也没有借此发财的意思，他们只不过是单纯地喜欢有历史积淀的物品而已。法国每个城市都会定期举办旧货市场，这个市场的法语名称叫做"Vide grenier"，直接翻译成中文则是"清空阁楼"，顾名思义，卖家把家里用不着的一些老物品拿出来交易，物品的种类五花八门，大到家具,小到打火机,一应俱全,价格一般也很便宜,从几欧元到几十欧元不等。所有当地的居民在旧货市场开始前的几周都可以向主办方申请摊位,而且几乎不用支付任何的费用。对于法国人,不论是卖家还是买家,他们在各取所需之余,都视旧货市场为一种极大的乐趣,双方在交易的过程中攀谈,卖家向买家讲述被交易物品与他们之间的故事,这让买家顿时感到自己眼前的老物件富有厚重的生命力,他们也因此从中获得了深深的满足感,并促使其乐此不疲地将旧货市场进行到底。作为一名旁观者,我在思考的一件事情倒是显得有些跑题,众所周知,德国人目前已经从先前的一轮经济危机中重新振作起来,而法国的表现则不尽如人意,失业率持续走高,经济增长也几乎为零,甚至出现了负增长,于是乎我就在想,法国旧货市场的兴盛是不是在某种程度上让法国连续低迷的经济雪上加霜?懂一点经济学的人都知道,消费需求是拉动经济的重要引擎,而法国人很大一部分的需求都在旧货市场上得到了满足,这无疑减少了制造和零售企业的订单,如果这个理论成立,那么,我估计法国人在短期内将很难重振本国的经济,因为时尚的法国人是传统式的,他们可不会为了那些资本家口中所谓的消费而放弃自己所钟爱的旧货市场。

老爷的车

　　第一次见到她，我便被她性感的外形挑逗得心潮澎湃，黝黑的皮肤让她在阳光的照射下显得光彩夺目，这辆 1958 年出厂的标致 203 系列老爷车无疑是当天停车场内最闪耀的明星。当皮埃尔（Pierre）出现在我的身旁时，我正聚精会神地打量着这位美丽妖娆的"黑珍珠"，"她迷人极了，不是吗？"皮埃尔的眼神中流露出对她满满的爱意，他自豪地对我说："要知道，她可是我费了好大的劲儿才说服朋友割爱转让给我的。"

Pierre 的标致 203 老爷车

　　我相信，在大多数中国人的印象里，老爷车应该是与博物馆或者拍卖行联系在一起且价格不菲的顶级奢侈品，大家或许会由此判定，我的朋友皮埃尔腰缠万贯,是位不折不扣的法国富豪,但实际上,他真实的身份只是国家科研中心(CNRS)一名朝九晚五的研究员,在法国,这可绝对算不上是日进斗金的职业,从收入水平来说,甚至还远远不及工业界中具有同等资历的工程师,所以,皮埃尔不过是法国上千万普通中产阶级里的一员而已,还尚且不能被归入富人的行列。那么,现在的问题在于,他凭什么有财力能够购买这样的奢侈品呢?其实,与我们中国的情况有所不同,拥有一辆老爷车在法国并非富人的特权,在著名的二手物品交易网站"好角落"(le bon coin)上,有关老爷车的信息层出不穷,大家不难发现,这些车的价格大多并不昂贵,就比如这款标致203老爷车,根据车况的好坏,它的售价从1千至9千欧元不等,而法国的劳动法规定,法国人的最低月工资(SMIC)必须达到1457欧元,因此,最高9千欧的售价就连底层的法国人也完全能够负担,皮埃尔当然也不例外。就经济的角度而言,收藏并且驾驶老爷车可以说是法国人的一种大众娱乐方式,而绝非贵族所专享的游戏。如果你有幸在每年一月或者八月的第一个周日造访巴黎,那么,你一定会在巴黎那些著名的地点偶遇浩浩荡荡的老爷车游行大军,此项老爷车收藏者的年度盛事让700多辆各式各样的经典老车从全法各地赶来共襄盛举。活动当天,老爷车从巴黎东边的文森城堡(Château de Vincennes)出发,途经巴士底狱、香榭丽舍大街、协和广场等重要景点,每到一处都受到万众瞩目,让巴黎居民和数以万计的外国游客大饱眼福。类似的老爷车巡游在全法各地时有上演,从参与活动的人数以及老爷车的数量上来看,此项活动并非高不可攀。

老爷车在词典内权威的定义是"经典的古老汽车","经典"是指车的款式优美且为大众所熟知,"古老"则是要求车的年龄一般在50岁以上,巴黎老爷车巡游中的成员大多属于此范畴之内。然而,在法国人的心目中,老爷车的范围绝不局限于此,有一类车,它的外形与帅气靓丽这些字眼毫无关系,车龄也不过只有短暂的二三十年而已,但是,它却因承载了孩子与父亲之间美好的回忆而备受法国人的追捧,从而破格跻身老爷车之列。20世纪80年代风靡法国的雷诺车——"超级五号"(Renault Supercinq)——便是这种情况,这款造型普通而且仍然"年轻"的车在全国各地拥有为数众多的收藏爱好者，法国人之所以对它情有独钟，是因为作为当年最畅销的车型，这款"超级五号"那时几乎每个法国家庭人手一辆，它从而成了一代法国人的集体回忆，并有幸见证了无数与父亲有关的故事，这些温暖的故事被记录在收藏爱好者为超级五号专门设计的网页上："超级五号是我童年的回忆，那时爸爸每天都开着它来学校接送我，这是我永远也无法忘记的美好时光"，"当年，在我拿到驾照后的第二天，爸爸就把他那辆心爱的超级五号赠送给我了，它可是第一辆属于我自己的车，对我的意义非同一般。"因此，说到底，"超级五号"受人推崇是源自它身上所承载的爸爸情怀，从这个角度上说，这辆"老爷的车"才是法国人心目中最名副其实的老爷车。前些时候，新闻里报道过一位幸运的法国人，他的爷爷罗歇·巴永（Roger Baillon）曾是赫赫有名的大富商，他在20世纪50年代至70年代购买过大约60辆名车，罗歇原本的目的是要建立一家私人的汽车博物馆，但不幸的是，后来生意失败了，博物馆的计划未能如愿实现，这些老爷车因而被长期丢弃在法国西部一处农场的谷仓里。直到最近，事情才有了转机，罗歇的孙子无意之中发现了爷爷的宝藏，并拍卖了部分的老爷车，令外人所羡慕的是，其中的一辆法拉利竟然被巴黎艾德（Artcurial）拍卖公司以2300万美元的高价成交。在这个故事里，富商爷爷给后代留下的老爷车不但款式经典，年代久远，而且还同时兼具了与"超级五号"如出一撤的"老爷情怀"，这些"老爷的老爷车"因此当仁不让地成为收藏界的至尊极品。

　　法国的老爷车收藏之所以能够成为大众的娱乐方式，很大程度上要归功于法国的三大本土汽车品牌——标致（Peugeot）、雪铁龙（Citroën）和雷诺（Renault），在它们悠久的公司历史中，曾经为法国大众设计制造过无数堪称经典的车型，其中的许多车被完好无缺地保留下来，从而演变成了如今代代相传的老爷车。比起外国车，法国人无疑更加推崇自己民族的汽车品牌，这一点只需粗略地数一数马路上法国车的数量便一目了然了，三大本土汽车制造商占据了法国绝大多数的市场份额，就连历届法国总统的专车也一律出自他们之手。为了向外推销"法国制造"，法国总统可以说是鞠躬尽瘁，他们无时无刻不在担当这三大厂商的形象代言人。在媒体面前,总统时常高调宣称自己的法国座驾坚固且性能优异,他们乘坐法国车意气风发地辗转于各大国际场合,这显然极大地提高了法国车的出镜率。在众多的总统专车中,有一辆车的大名不得不提,它曾经令全体法国人为之倾倒,它就是当年戴高乐总统所乘坐的雪铁龙 DS 车。DS 是此款汽车的型号,由于它的中文拼音首字母不幸与"屌丝"相同,所以我们中国人通常戏称它为"屌丝车",然而这款车却实在一点都不屌丝,相反,它的外形优美,性能卓越,关键之处在于,它还曾经在 1962 年 8 月 22 日暗杀戴高乐的事件中救过总统的性命。事情的经过是这样的:当时,顽固坚持"阿尔及利亚应该属于法国"的极端殖民主义杀手向载有戴高乐及其夫人的黑色雪铁龙 DS 车疯狂射击,共计射出了 150 多发子弹,其中的 14 发准确命中目标,并把 DS 车的两个轮胎射穿。按照当时的情况,总统已经命悬一线,然而,奇迹发生了,这辆弹痕累累的 DS 车竟然在负伤后,继续摇摇晃晃地以每小时 90 公里的速度冲出了杀手的包围圈,总统夫妇这才最后化险为夷,安然无恙。正是从此次暗杀事件开始,这款拯救了戴高乐的 DS 车便名声大噪,法国车借此一跃成为法兰西民族的骄傲和象征。但是坦白讲,虽然三大厂商的汽车在法国国内受人追捧,但在国际市场上,法国车的地位却远不及德国车和日本车,销售惨淡,在我看来,这个局面完全是因为法国车的一大致命弱点。但凡对汽车略微有所了解的人都知道,比起气派的德国车,法国车通常体积狭小,让人不免觉得它们设计之初的目标人群便是那些小巧玲珑的女性,因此,其他国家的男性顾客大多认为法国车显得有些小家子气,从而并不是他们首选的购车对象。没错,法国男人的身材确实普遍比德国男人矮小,可是我相信,对于力量与速度的热爱是植入男人血液内的基因,即使是身材并不魁梧的法国男人也亦是如此,就好比再丑陋的女人也喜欢化妆购物,这是天性,所以法国男人的"小身材"并不能完全解释他们对于小车的偏爱。那么,到底是什么原因造就了法国车的狭小呢?有一部拍摄于巴黎非常著名的电影《达芬奇密码》(The Da Vinci Code),其中的一幕场景令人印象深刻,女主角索菲为了躲避警察的追捕,驾驶着 Smart 小汽车在巴黎市区内穿梭自如,甩开了紧跟其后的警车,最后成功脱身。观众们都对索菲的驾驶技术啧啧称赞。当然,索菲之所以能够顺利摆脱警车一部分要得益于她精湛的车技,然而,最功不可没的实际上还要属她的这辆双人座特小号汽车smart,这也正是法国人偏爱小车的原因所在。众所周知,巴黎老街区的道路狭窄,即使是经验丰富的驾驶员也必须时刻小心翼翼,此时,一辆车身小巧的汽车无疑最易于操控,况且,像巴黎这种大城市,常常车满为患,要想找到一个停车位绝不容易,你看看巴黎的马路两旁那些首尾紧密相连的汽车便能略知一二了。在法国路边停车,驾驶员需要掌握见缝插针的绝技,把车准确无误地嵌入前后两车之间,而它们彼此的距离常常只有一个拳头的大小,所以,法国人对于小车的热爱在很大程度上是基于方便"过日子"的打算。

虽然电影中的主角——法国美女索菲——驾驶风格凶悍,全然置交通法规于不顾,但这毕竟只是艺术创作,说句公道话,与我们中国的驾驶员相比,法国人开车简直可以称得上是循规蹈矩,他们严格遵从交规中的任意一条款项,比如在法国最常见的环岛(rond point)中,法国人谨遵"进出环岛打转向灯,左方来车优先"的原则依次行驶,确保了环岛的通畅。要知道,但凡有人违反此项原则,就极有可能造成环岛的拥堵,所以,在一些驾驶文明缺失的国家,环岛大都被具有强制性质的红绿灯所替代。以我的观察,法国人对于交规的顶礼膜拜无非出自于两个重要的原因,一是交规考试的严苛,二是其处罚力度的严厉。有这样一则令人心酸的故事曾经被法国电视一台(TF1)拍摄成纪录片:一位法国女人,在两年的时间里竟然连续8次交规考试失利,而此项考试只不过是考取驾驶执照漫长的第一步而已,这让她心力憔悴,并逐渐产生了严重的心理障碍,最后还不得不求助于心理咨询师的帮助。无可否认,这是一个极端的案例,并不多见,但是,法国交规考试之艰难确实名声在外。此项测试由40道问题构成,考生须答对至少35个问题方能过关,而考题通常紧密地联系实际,如果不是对交规具有深刻的理解,考生很难应对自如。更加可恶的事情在于,这些题目中遍布阴险狡诈的陷阱,让人猝不及防,有时甚至还在文字的运用上大做文章,咬文嚼字使之生涩难懂,因此,想要通过这项考试的学员必须拥有足够的实力以及上佳的运气,绝非是走走过场。可别以为那些已经顺利取得驾照的法国人从此便可以高枕无忧,在马路上横行霸道了,相反,他们时刻都需谨小慎微,因为一旦他们违反了交通法规,则将遭受严厉的处罚。老实说,本来这也无可厚非,开车谨遵交规实乃天经地义之事,哪来那么多的抱怨,乖乖认罚便是,但现在问题的关键并不在于是否要遵守交规,而恰恰在于法国交规内容的本身。在我看来,其中的一些条例实在太过苛刻,有失人道主义精神,比如,2015 年出台的交规新增了一项条款,规定如下:倘若司机斗胆在开车之时进食或者化妆的话,那么只要被警察抓获,司机都要支付 75 欧元的罚款。乍看之下,这个规定似乎合情合理,但是,法国内政部显然没有设身处地地考虑过那些常年忍受着交通拥堵的巴黎女性驾驶员,要知道,当一个女性不幸被拥堵在早晨前往工作地点的路上时,根本难以要求她们压抑吃零食以及为自己美容的本能,由此可以推测,此条法律一出,巴黎女性将成为最直接的受害者。

在 2009 年之前,从法国车牌的最后两位数字可以轻松判别出车辆所在的注册区域,比如"75"代表车辆注册在巴黎,"13"则是马赛,这种做法有一个好处,因为来自不同地区的法国人,他们的驾驶风格都不尽相同,有些相对温和,有些则相对凶悍,当驾驶员从前方或并排行驶的车辆上得到此条重要的信息之后,他们便可以及时调整超车的策略,遇见那些来自以驾驶风格勇猛著称地区的法国人则最好礼让三分,否则难保不会人车两失,所以,这种车牌号码的命名规则在无形之中协助了法国道路的行驶安全。然而,从 2009 年开始,车牌后两位代表地区的数字变得可以自由选择了,完全依据司机的个人喜好,如今,末尾是"75"的车牌可以是注册在法国任何一个地区的车辆,并不一定就是巴黎。本来这是件好事情,车主根据自由意志选择自己最钟爱的地区,这无疑让人更有归属感,但是,有一些法国人却别有用心地利用了这一新规则来获取更好的驾驶优势。据 2014 年的一项调查,代表科西嘉岛的车牌"2A"和"2B"在法国司机中大受青睐,他们选择科西嘉岛的原因不在于这个小岛美不胜收的景色,也不是出于对科西嘉的怪物——拿破仑——的崇拜,而是因为科西嘉岛人彪悍暴躁的名声在外，这一点从车牌右上角代表科西嘉岛的标志上便可有所察觉，那是一个带着白头巾的黑人头，凶神恶煞极了。从来没有人敢在路上招惹科西嘉的司机，甚至连警察都很少对他们进行盘查，因此，为了能在行驶过程中受到礼遇，法国人偏爱持有 2A 和 2B 的车牌。但是，我倒要提醒这些狡猾的司机，切不可从此以为自己"手持免死金牌"而目中无人，要知道，科西嘉岛的司机也并非就是无敌于天下，在法国，还有一种汽车，不论它来自哪个地区，在路上都像是一匹脱了缰绳的野马，即便是科西嘉岛人与它狭路相逢都须避让三分，它就是大名鼎鼎的法国出租车。很多人一定记得在电影《的士速递》（Taxi）里，马赛的出租车司机丹尼尔所驾驶的出租车时速竟然高达 300 公里，连警车都闻风丧胆。虽然电影的创作不免有夸大其词之嫌，但是，这的确是法国出租车行业部分真实的写照。在法国，要是有一辆出租车恰巧在你左手边的超车道，那你一定要格外小心，因为它随时都有可能不分青红皂白地强行并入你的行车道；行人也需对出租车区分对待，一般法国人所驾驶的汽车在人行道的前方都会减速以避让行人，而经常违反此项规则的除了公务在身的救护车和消防车，便是这个出租车了，或许他们早就对警察的行事风格了然于心。总之，严厉的交规似乎对出租车司机丝毫起不了威慑的作用，把乘客按时送达指定地点才是他们心中唯一的使命。

实际上，法国出租车司机的彪悍不仅体现在放荡不羁的驾驶风格上，与此同时，这个群体同样是游行罢工的先锋队伍，而且有的时候，他们手段的凶残令人叹为观止。2015 年，法国出租车司机针对一家名叫 Uber 的公司发起了全国性的游行罢工，事情的起因是 Uber 开发的手机打车软件促使众多没有执照的私家车轻而易举地进入了出租车行业。由于 Uber 低廉的成本，乘客所花费的车钱通常要比正规的出租车低很多，而且 Uber 的出现更是弥补了法国出租车数量严重匮乏的难题，方便了法国人的出行，因此，这两大显著的优势使得 Uber 在法国迅速壮大起来，可是这样一来，那些持有正式执照的出租车司机不干了，他们指责 Uber 坏了行业的规矩，抢了他们大量的生意，令他们的收入下降了 30%

到40%之多，于是在短时间内，出租车司机声讨 Uber 的抗议游行一浪高过一浪。原本，出租车司机保护自己的利益不受侵害也属于正常的反应，世界其他国家包括中国的出租车司机也都有针对 Uber 的抗议活动，但法国出租车司机的特别之处在于，他们在此次事件中所表现出来的暴力程度实在太过激烈，就连原来同情他们的社会大众都开始对其口诛笔伐。他们在巴黎机场的高速公路上设置路障，成批的游客因此不得不提着沉重的行李，暴走在熊熊烈日之下；在马赛抗议的现场，还到处可见被推翻和焚烧了的汽车，最后，防暴警察逼不得已向丧失了理性的出租车司机投掷了催泪瓦斯，才勉强控制住了局面。所以，你看，出租车在法国绝对不是可以轻易招惹的对象，即使同样彪悍的科西嘉岛人与其发生摩擦，也很难预测鹿死谁手。不过话又说回来，法国出租车的骄傲也并非空穴来风，它们在第一次世界大战中曾经立下过显赫的军功，在那场著名的战役——马恩河之战中，巴黎受到德国军队近在咫尺的威胁，法国将军在十万火急之下想出了一个把士兵快速送往前线的办法——坐出租车，于是，巴黎有1100多辆出租车被征用，每辆汽车搭载5个士兵，他们最终协助法军击破了德军的作战计划。这件事情在世界军事史上意义重大，它被视作为人类历史上第一次摩托化行军。

　　至于皮埃尔的老爷车，它虽无法成就如同马恩河出租车那般的丰功伟绩，但是，它在不久的未来亦将对我至关重要，因为在我无尽的赞美之下，皮埃尔终于被深深地感动，他承诺，届时，他会亲自驾驶他的老爷车为我的婚礼车队打头阵。

骑士精神

　　2014年年初,法国总统奥朗德(François Hollande)的一则桃色新闻在举国上下引起轩然大波,媒体披露,奥朗德瞒着自己的"第一女友"瓦莱丽(Valérie Trierweiler)在外面偷腥。这条重磅消息证据确凿,媒体拍下了他在夜色的掩护下鬼鬼祟祟进出情人家的照片,奥朗德百口莫辩,一时间,法国总统成了法国人茶余饭后的议论对象。其实,相比偷情这件事本身,人们更津津乐道的反而是整件事情里的一个细节,大家注意到,就在那张被拍到幽会的照片里,他们的总统当时所用的交通工具居然是一辆黑色的摩托车,而奥朗德本人为了掩人耳目,头上戴着一顶笨重的摩托车头盔。众所周知,奥朗德已经中年发福,可以说身材几乎是圆形的,现如今再搭配上同样是球状的头盔,整个画面从而徒生出一种莫名的喜感。令人意外的事情在于,或许是总统这个亲切的形象打动了法国民众,他所戴的这款本名不见经传的摩托车头盔竟然在此后的几周内卖到脱销,以至于生产商特地在法国解放报(Libération)上刊登广告,感谢总统倾情代言民族品牌,捍卫法国制造的荣誉。

　　奥朗德偷情的消息传播开来之后,不仅仅是法国人,就连中国网友也对此桩桃色新闻发表了自己的观点,他们的评价颇有意思。中国网友认为,法国总统实在是太廉洁了,你看,堂堂一国首脑出门约会情人也只不过寒酸地开辆小摩托而已,这要是在中国,即便是县长、村长这种级别的芝麻绿豆小官也非得乘坐豪车不可。中国网友的此番调侃确实有一定的道理,奥朗德素有廉洁的名声,据说他在当选为法国总统之前,还坚持多年骑摩托上下班,但是,坦白讲,在开摩托车去约会这件事情上,我倒觉得与他的廉洁并没有直接的联系。在我看来,奥朗德选择如此行事可能纯粹是出于以下两个方面的考虑。第一,骑摩托车在任何一个国家皆为男生捕获女生芳心的利器,它在突显力量和速度之余,还能够在交往的男女双方之间营造出一种公主与骑士的浪漫氛围,奥朗德虽已步入花甲之年,但这并不等于说他就丧失了男子汉的血气方刚,他同样可以爱得轰轰烈烈。这一点说明,在法国,就算你是总统,你想要追求心仪的女生,也必须学会浪漫。第二,骑摩托车有助于摆脱记者的围追堵截。奥朗德作为一个偷情的总统,事先必定详细研究过,如果东窗事发,应该如何设计一条合理的逃跑路线,其中,使用什么样的交通工具又是关键。汽车应该不是最理想的选择,想一想戴安娜王妃 1997 年在巴黎的那场车祸就足以说明问题了。汽车的速度再快,也很难轻易摆脱"狗仔队"的纠缠。然而,作为对巴黎的情况了如指掌的法国人,奥朗德聪明地选择了骑摩托,因为他知道,一旦出现了被跟踪的情况,他完全可以朝着巴黎最为拥堵的方向行驶,继而利用摩托车灵活的优势,穿梭于成千上万辆汽车之间,最后轻而易举地甩开围追他的记者。这又说明,奥朗德虽在私生活上花心,但所幸他还是接地气的总统,深谙法国的社会现状。不过实在可惜,他终究还是不小心被拍下了出轨的证据。

　　法国摩托车骑士的数量庞大,据统计,2012 年共计达到了 360 万之多,特别是在交通日益拥堵的巴黎,摩托车骑士以每年 10% 的速度在增长,这些骑士十有八九在路上横行霸道,无论是汽车还是行人都须对他们避让三分,否则后果自负。在巴黎开车,你要时刻紧盯后视镜中的一举一动,摩托车常常会以你始料未及的速度和角度从你的身边疾驰而过,届时,你最好识相地为骑士腾出一条可供其通过的间隙,倘若你胆敢忽略他们的存在,并挡住他们前行的道路,那么,骑士必定会在成功超车之后,扭过头来对你破口大骂,并辅以粗鲁的手势,要知道,轰鸣的发动机噪音总是容易让人热血沸腾,从而导致情绪的失控。正是由于摩托车骑士狂野的驾驶风格,他们在法国是车祸发生的主要因素之一,而且,此类事故的后果往往极其严重,死亡和重伤的概率都相当之高,法国国宝级演员杰拉尔·迪帕德约（Gérard Depardieu）之子吉约姆·迪帕德约（Guillaume Depardieu）就曾在巴黎驾驶摩托车的过程中遭遇过一场严重的车祸，右腿最后不幸被截肢，还差点送了命，这次意外对他们父子今后的生活造成了严重的影响和打击。或许是意识到骑摩托车实在严重威胁法国人的生命安全，所以，就连教堂里的神父也坐不住了，在法国布列塔尼的小镇波尔卡罗（Porcaro），每年夏季都会举行一场别开生面的弥撒，成千上万的骑士在这一天开着心爱的摩托车前来接受神父以圣母之名所进行的祷告（Pardon de la Madone des motards），他们祈求自己来年的摩托车之行一路平安，2015 年已经是第 36 次举办这个活动了。不幸的是，就在 2015 年祷告结束的当天晚上，当这些摩托车骑士组成车队前往 70 公里开外另一座小镇的路上时，一连发生了三起车祸，其中一人伤势严重，住进了医院。

如果要论影响力的话，法国的摩托车骑士恐怕还无法与本国的自行车骑士相提并论，从事后者这项运动的法国人数量简直多到无法统计。这非常容易让人联想到中国人，我们同样是自行车超级大国，骑士的数量更是以亿计，但是，需要区分的一件事情在于，就骑自行车的目的而言，我们两个国家的骑士是迥然不同的。在法国，骑自行车被认为是一门正规独立的体育竞技项目，它拥有为数众多的技巧以及战术，而对于中国人，自行车更多的是作为代步的交通工具，强身健体不过是它的一项副产品罢了，很少听到有中国人说自己爱好的体育项目是骑自行车。明白了这个观念上的重大差别有助于理解为何法国人骑车时大都穿着紧身的骑行服，在我们中国人看来，法国人如此的装扮简直就是小题大做，不就是骑自行车嘛，干吗这么兴师动众的，然而，作为竞技的运动项目，情况就完全不同了，骑行服对提高骑车的速度尤为重要，是保障运动水准的必需品。法国几乎每个城市都有自己的自行车俱乐部，一到周末，俱乐部的会员便集体骑车出行，浩浩荡荡的自行车队随处可见，但这并不会扰乱正常的交通秩序，因为马路的两侧一般都修建了专供自行车使用的车道，这保障了骑士的生命安全。俱乐部里的骑士们每次出行都要骑上几十公里的路，当然，在这之后，聚在一起吃吃喝喝是必不可少的,据法国人所说,这有助于体力的迅速恢复。另外,对于一部分骑士而言,四平八稳地骑车已经难以满足他们对于这项运动的探索,于是,千奇百怪的骑车方式应运而生,其中最饶有趣味的莫过于一种躺着骑车的方式(Le vélo couché)。此类自行车经过能工巧匠的改造变得能够让人平躺在车上,它从而兼具了床的功能,因此,"躺着骑车"也可以被看作是一项"床上运动"。从事此运动的骑士认为,舒适的骑车姿态有助于节省体力,所以,这项运动正适合于那些热爱运动却又天生懒惰之人,现如今他们完全可以躺在"床"上便把运动给做了。法国每年会举办形形色色的"躺着骑车"大赛,对于此类比赛,观众们最关心的倒不是谁能够获胜,他们在意的是谁改装的自行车最富有创意。可以说,"躺着骑车"集运动和发明于一身,属于最强壮的身体与最聪明的大脑之间的强强组合。除此之外,还有一些追求刺激的法国人,他们选择在恶劣的地形上从事越野自行车(Vélo tout terrain)运动,法国为数众多的山地地貌极其适合此项极限运动的开展,它因此同样受到广泛的追捧。众所周知,自行车在法国的风靡要归功于一项举世闻名的顶级赛事——环法自行车赛(Le tour

环法自行车比赛

de France),这项始于 1903 年的比赛每年都吸引着大量的骑士前往法国,特别是法国人的邻居,比如比利时人和荷兰人,他们中的一些观众甚至一路骑车进入法国。实际上,环法对于法国的意义并不仅限于运动本身,它是向世人展现法国优美自然风光的一个绝佳契机,环法骑士们的所到之处皆通过镜头传送给了电视机前的观众们,这让人们对法国这块宝地趋之若鹜,难怪法国连续多年蝉联全球最受欢迎的旅游目的地。值得一提的是,中国车手在 2014 年第一次参加了环法比赛,虽然最后的总成绩垫底,但是,这已经是中国人自行车运动的一个里程碑,这也再次说明,自行车目前在中国的地位还属于代步工具之列。

骑士最初的定义是"骑马的士兵",所以,不论是摩托车骑士,还是自行车骑士,他们所骑的其实都是马的替代品,或者说是升级版,两者比起骑马而言更加适合现代人的生活方式,但是另一方面,骑马此项历史悠久的活动也并没有在法国销声匿迹,相反,它依然流行于为数众多的法国人之间。目前,马术是法国俱乐部注册人数第三多的一项运动,2013年全法共有 8500 家马术俱乐部以及 70 万的注册会员,特别是女性,她们尤其喜爱马术,在所有的运动中,注册马术俱乐部的女性人数名列第一,在她们看来,这无疑是一项优雅绝伦的运动。通常,从事马术活动所需的器材昂贵,运动成本相对较高,但即便如此,每年一到新学期开学,还是会有成千上万的家长送自己的孩子去学习这门贵族运动,家长们相信,马术有助于培养孩子的气质。在法国的一些市镇,至今仍然可以看到骑着高头大马巡逻的警察,这些警察最常出没在巴黎的郊区附近,那里是著名的阿拉伯移民聚居地,给人留下的印象通常都是居高不下的犯罪率以及长期以来对警察的敌视情绪,法国政府为此大伤脑筋,最终他们想出了一个对策,他们决定使用骏马来代替冷冰冰的警车,因为这样或许可以使当地居民对警察的态度有所改观。这一点后来的确得到了印证,现在,这些居民已经会停下脚步主动与巡逻的警察搭话,他们之间的话题常常围绕着警察所骑的骏马。法国人是爱马的民族,从前,在农业还没有机械化的时候,法国农民都依靠马匹来耕地,可以说,马是他们忠实的朋友和工作伙伴。即便是现在法国人已经不再需要它们来耕地了,马也没有就此退休,相反,在很多全新的领域,马开始发挥起令人意想不到的作用,法国的心理医生就独创出一种通过与马匹亲近从而治疗儿童自闭症的方法,效果明显,大受业界的追捧。当然,法国人同样善待他们的这位伙伴,最近,法国的兽医甚至开始对一些精神萎靡的马匹运用中国的针灸疗法,兽医声称,这将有助于马儿放松紧绷的肌肉。

到此为止,以上所说的这些事情似乎都在向我们展示一幅美好的画面:法国人与马在同一片土地上其乐融融地生活在一起,他们简直就是天造地设的一对儿。然而,可惜的是,现实情况并非这样百分之百的完美,有一个残酷的事实摆在我们的面前,要知道,法国人向来都有食用马肉的习惯。据统计,全法养马卖其肉的农民大约有 11000 人,整个法国的疆土之上则经营着将近 750 家马肉肉铺,超市也一直代为销售马肉,在消费者这一方,承认吃过马肉的法国人更是占到了 17% 之多。在历史上,法国人最早食用马肉要追溯到 1803 年的拿破仑战争时期,当时这个特殊的饮食习惯仅流行于参战的法国士兵之间,他们那时吃马肉是由于食物的短缺,是为基本的生存所迫,而并非是痴迷于美食,所以,那个时候吃马肉纯粹是不得已而为之。普通法国人开始大量地吃马肉则要等到 70 年后的普法战争年代,当时的普鲁士人占领了巴黎,大批牲畜被屠杀,许多人在这种情况下才第一次尝试了马肉,因此,正是这两场残酷的战争让法国人逐步养成了吃马肉的习惯,并且在之后的几十年里,这个饮食习惯变得越来越普及。不可否认,从历史渊源上来说,法国人吃马肉确实是为了填饱肚子而进行的无奈之举,当人类自我的生存都面临严重威胁时,这尚且可以被旁观者所谅解。但是,现在的问题在于,作为一个爱马的民族,法国人完全可以在非常时期过后停止吃马肉的行为,并为那些不幸被用来果腹的生命立下功名碑,可惜法国人没有这么做,他们似乎越发吃上了瘾,时至今日,他们仍旧有滋有味地食用马肉,毫无愧疚之意。其实,原本这也并非什么了不起的大事,不就是吃个肉吗,大家都是牲畜,马和鸡鸭鹅又有什么区别,只管大口吃肉大碗喝酒便是,又有什么理由在这儿无病呻吟呢? 实际上,我真正纠结的一件事情在于,为何法国人能够在视马儿为挚友的同时又毫不犹豫地食其肉呢? 我完全理解有人爱吃马肉，但我不能理解的是，此位食用马肉之人其本身也把马当作是自己的朋友，这不符合我的逻辑，在我看来，这两件事情水火不容。直到当我听说了日本人佐川一政的故事后，我心中的疑问才终于有了答案。佐川一政由于20世纪80年代发生在巴黎的吃人事件而名噪一时，当时，他在巴黎留学期间迷上了一名荷兰籍的女同学，于是，他想方设法以一起讨论学业为借口，邀请对方到他的住处共进晚餐。然而，人面兽心的佐川一政在那里残忍地杀害了这名女生，并且进行了奸尸。更加耸人听闻的事情还在后面，佐川一政竟然在此后的一段时间内还逐步食用了对方的身体。当他最终被警察抓获，叙述作案动机时，佐川一政这样解释他的吃人行为："她长得实在是美丽动人，正因我爱她至深才促使我的脑海中不停地出现要吃掉她的冲动。"所以，我据此斗胆妄下判断，爱马的法国人乐此不疲地食用马肉或许亦是同样的道理。

您吃了吗？

二战纪实小说《巴黎烧了吗》(Is Paris Burning)中,巴黎抵抗运动的成员沙邦为了保持对巴黎局势的控制,设计了一条大胆的对策,而这条充满危险的策略必须由一句暗号来发动,这个暗号是一句法语:"As-tu bien déjeuné, Jacquot?"翻译成中文是:"您早饭吃得好吗,雅各?"或者更简洁一些,就是:"您吃了吗?"我想,所幸沙邦们的敌人不是老北京人,否则,此暗号的安全级别几乎为零。其实,不论是否能破译这条重要的对策,这个暗号本身就至少传递了一个重要的信息,法国人该是有多爱吃啊?关乎国家生死存亡的最后一搏竟然寄托在一句食客之间的问候语上!

这一点被负责准备我们婚宴的卡洛琳娜女士(Caroline)一再重申。"要知道,宾客们评价新婚的主人是否慷慨又贴心,就全看晚餐的质量了,而让这些法国饕餮们吃饱喝足,才能让他们诗兴大发,到时,对新娘的溢美之词必能滔滔不绝。"卡洛琳娜一边向我们展示着她手中那本厚如辞海的菜式目录,一边向我们传授这一条致胜法则。她是城堡主娜塔莉介绍给我们的朋友,她拥有一支由厨师和服务员所组成的专业团队,专门为婚礼提供餐饮服务,这支在法国被称作 traiteur 的团队届时会准备好全部所需要的原材料,并借用城堡的厨房,为我们呈现一顿饕餮大餐。

我们毫不怀疑卡洛琳娜这条法兰西定律的真实性,法国人对于吃这件事情的痴迷完全可以用其所引以为傲的国家格言——"自由,平等,博爱"——来诠释,"美食即所有人皆拥有的,此天赋的权利不应有任何的限制;于美食面前,人人平等;己所食者,常施予人"。法国人完美无瑕地执行了这项国家宣言,在天马行空般的想象力中,美食被法国人用来与所有的日常活动联系在了一起:在献血日当天,移动的献血站为好心人准备了丰盛的食物和美酒以此来补充体力;长跑比赛中,组织者沿途提供大量的食物着实让这场严肃的比赛变成了一群食客的美食马拉松;还有,就更不要提生日、升职等此类天大的喜事了,法国人自然不会放过大吃特吃的机会。如果以上列举的活动还尚属正常的范畴,那么,接下来要说的这件事就让人有些匪夷所思了:在阿尔萨斯(Alsace)地区的一个小镇里,每年都会为当地那些漂亮的姑娘们组织选美比赛,比赛项目除了陈词滥调般的时装走秀和机智问答外,还有一个特殊的环节,可以说,它在其他选美比赛中闻所未闻,见所未见,并且,姑娘们在此项比拼中的表现直接决定了冠军花落谁家。比赛的道具是一只平底锅外加一块香气四溢的可丽饼(Crêpe)!选手们必须单手持锅,同时用流畅的手法令其上下晃动,这使可丽饼在空中持续做出 180 度的翻腾,最后,选手们抓准时机,抬起一条腿,以最快的速度从胯下把可丽饼准确地掷入另一只手中的盘子里,每次"抛射"都让台下的观众屏气慑息,如能侥幸成功,台下掌声和口哨声则不绝于耳。这还不是活动的最高潮,等到冠军名单出炉,主持人就会抱来一只活生生的小猪,按照小镇的规矩,获奖的姑娘必须向小猪献出香吻方能问鼎最高殊荣。实际上,这场真实版的"美女与野兽"是为了庆祝一年一度的小猪节(Fête du Cochon),美女在此完全只是配角,给阿尔萨斯人提供美味猪肉的小猪才是当仁不让的绝对主角。

自从 1905 年世俗法(la loi de séparation de l'Eglise et de l'Etat)的出台以来,法国实行严格的政教分离,天主教对法国人的影响力日渐式微,而美食则当仁不让地取而代之,成为法国人的终极信仰,甚至可以说,美食本身已经一跃成为另一种意义上的宗教。每年一月,在普罗旺斯的里舍朗舍(Richerenches),当地人所举办的松露弥撒就很好地证实了这一论断。那些松露俱乐部里的虔诚信徒在活动当天个个身披黑色大长袍,挤满狭小的教堂,为讲道坛上摆放的本年度最优雅的"松露佳丽"演唱赞美诗,人们眼眶饱含泪水,感谢大自然慷慨的馈赠。无独有偶,被美食评论家科侬斯基(Curnonsky)奉为"世界美食之都"的里昂盛产风干肠,而其中的佼佼者竟然被称为"里昂的耶稣"(Le Jésus de Lyon)。由此可见,在现代法国,美食就是宗教,宗教即是美食。于是乎,"吃"这个行为也变得崇高起来,它上升为一种"宗教"仪式,是食客对于珍馐美味的礼拜,这一点被法国人表现得淋漓尽致。法餐中的餐具会按一定的方式摆放,并且按一定的顺序上菜,即使是在自助餐馆里吃饭,盘子上的食物也是按三道菜的规格排列的:前菜、主菜和甜点,所有人都拿着刀叉正襟危坐,以正确的方式切开食物,慢慢咀嚼。一般情况下,法国人绝对不会用手直接接触食物,即使是吃像哈密瓜这样带皮的水果,都是用餐刀把一整片瓜瓤切成小块,然后逐块消灭,东方人一般都对此项技能非常生疏,如有斗胆模仿者,往往弄巧成拙,搞得盘中一片水漫金山,而我对此类瓜果的处理是,要么直接上手,要么索性放弃。很少见到法国人会在除了餐厅之外的公共场所大快朵颐,因为所有违反神圣仪式感的进食都是要流氓,吃零食更是罪加一等,这种把食物视作娱乐之用的进食简直就是亵渎圣体。我的法国邻居圣诞节那天在家中与人共进午餐,令我惊讶的是,他竟然穿着修长的燕尾服,打着领结,要知道,我们公寓里住的并不是有钱的贵族,家中也没有足够宽敞的餐厅,当时我觉得邻居实在有些小题大做,直到后来我才有所领悟,法国人对食物的礼拜并非只能在高级的餐厅中进行,即便是在家里进餐也须常怀赤子之心,就好比烧香拜佛可以去庙里,但最虔诚的信徒必定在家中也设立佛龛,每日阿弥陀佛。

为了评选出足以称圣的顶级美食,法国每年有无数场形形色色的关于食物的比赛。维泰勒(Vittel)的"青蛙小姐"评选,立志为法国人寻找一条最光滑、最匀称、没有任何瑕疵的青蛙腿;毛色全白、鸡冠鲜红并且鸡脚泛蓝的法国"爱国鸡"——布雷斯鸡(Poule de Bresse)——每年也会激烈角逐,拔得头筹者将有幸成为爱丽舍宫圣诞晚宴的主菜。此类竞赛的特点是,它们都在光天化日之下进行,比赛过程非常的透明,谁输谁赢一目了然,清清楚楚。但也并不是所有的比赛都是如此"光明磊落"的,与此相对,在法国还有一种评选美食的方法,在形式上完全属于"暗访",

"评奖委员会"和普通客人一样,打电话订座位,对食物餐桌也不会有任何特殊的要求,轻轻地来,轻轻地走,而他们的评判最后决定了此餐馆是否有资格名列于餐饮业的圣经——《米其林指南》——之上。相信很多对餐饮界不甚了解的人很容易把此书误认为是"轮胎购买指南",乍看之下,"米其林"除了其层层叠叠救生圈式的身材与那些贪吃鬼们一致以外,很难再把它和美食扯上半点关系。但作为深谙市场营销的高手,米其林轮胎的创始人——米其林兄弟——所盘算的,却恰恰是通过这本指南鼓励人们驾车去法国各地游览品尝美食,这样一来,就可以在路途中消耗尽可能多的轮胎了。让兄弟俩万万没想到的是,这本年度餐饮指南在问世之初就迅速风靡全法,并历经百年而不衰。他们成功的秘诀只有一个:公正。这些暗访的美食侦探们不会像其他普通的美食评论家那样对食物的美味夸大其词,而是尽可能地反映餐厅的真实水平,有明显不足的餐厅绝对不可能获得指南的星级评定。即使是已经获得星级的饭店每年也要由不同的检查员检查六次,任何一个看似微不足道的污点都有可能让餐厅丢掉一颗星。电影《三星大厨》(Comme un Chef)里,由让·雷诺(Jean Reno)所饰演的米其林餐厅的三星主厨就为了在星级评审中不至于落败,而竭尽全力地革新自己的食谱,紧张的氛围毫不逊色于一部战争大片。要想获得《米其林指南》的青睐,光有色味俱全的美食是不够的,餐厅还必须有一个舒适的用餐环境,而服务员的水平与此息息相关,这倒不是说要求服务员长得多么漂亮或帅气,也不在于女性服务员的裙子到底有多短,关键在于他们是否专业。法国餐厅的服务员从来就不是简单地把食物从后厨运到餐桌上的搬运工,他们会严格地控制餐具摆放的位置及美观度,在用餐中对何时应该为顾客添上红酒或面包掌握得恰到好处。最重要的是,他们会为你应该吃些什么菜喝些什么酒给出最中肯的建议,那些最有经验的服务员通常在同一个餐厅已经工作了几十年,对餐厅里的每种前菜、主菜和酒的搭配早已尝试了千百遍,一切自是了然于心,所以常常会在法国餐厅遇到那些"多事"的服务员,用"自以为是"的口气告诉你,"换一个菜或换一瓶酒吧",如此这般"恃才傲物"的服务员在世界餐饮界里恐怕也是独树一帜的。

常常会有好事之人询问美食家,法国和中国到底谁家的美食更胜一筹? 在所有的回答中,我最欣赏也最认同的是沈宏非大师的答案,他说,法式精馔技艺最早得之于文艺复兴时期的意大利,由嫁给法国国王的凯萨琳公主带入凡尔赛宫,所以说,法国菜其实起源于意大利菜,而美国诗人埃兹拉·庞德在比萨诗章里偏偏这样写道:"全部的意大利,也比不上一道中国菜。"

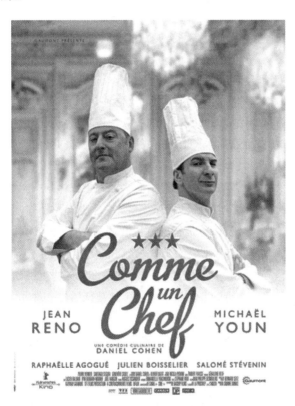

电影　三星大厨

蚝情万丈

　　"前菜的话，你们干脆就选择那些肥美多汁的生蚝吧，这些柔软的家伙们一定能让你们的宾客体力充沛，在舞池里转到天亮。更加关键的是，它们将有助于使你们的洞房花烛之夜变得妙不可言！"散发着迷人气息的卡洛琳娜女士意味深长地建议我们，略微上扬的嘴角透露出一丝暧昧的笑容。这些年以来，我对法国人的这种笑容早已了然于心，它让人时刻保持警惕，这足以表明口无遮拦的法国人正在尽其所能地调侃你。

　　有着漫长渔业海岸的法国盛产生蚝，并且法国人号称，他们的生蚝是世界上味道最丰富、口感最佳的。说起法国的生蚝，就不得不提到一篇在中国家喻户晓的法国短篇小说——《我的叔叔于勒》。要知道，小说中的主人公——于勒——便是在海船上向游客们兜售生蚝的老水手，在当时的法国，能够在行驶着的海船上吃生蚝被认为是一件非常文雅的事情。这篇著名的小说被收录在我们的中学语文教材里，让我记忆犹新的是，在这篇由法语翻译的课文里，生蚝并不叫生蚝，而是被称作牡蛎，当时尚且年幼的我还未品尝过此种人间美味，我因此一度十分好奇，牡蛎到底是怎样的一种食物呢？直到很多年以后，我第一次在上海的吴江路偶遇"碳烤生蚝"，方才恍然大悟，牡蛎原来就是生蚝。然而，与当年所学课文不同的是，吴江路的生蚝并不"生"，而是被烤得外焦里嫩，香气四溢。

　　在法国，没有人会把生蚝烤着吃，《我的叔叔于勒》的作者——莫泊桑（Guy de Maupassant）在文中详细地描述了法国人吃生蚝的办法："太太用一方精致的手帕托着蛎壳,把嘴稍稍向前伸着,免得弄脏了衣服;然后嘴很快地微微一动就把汁水喝了进去,蛎壳就扔在海里"。所以你看,法国人吃的才是"生"蚝,即开即吃,无需任何多余的烹饪手段。需要注意的是,按此方法食用生蚝有一个至关重要的窍门,因为内行吃生蚝,一定是把生蚝肉带着海水一块儿吸入口中的。文中太太们所喝的汁水其实就是蛎壳中的海水,海水不但增加了蚝肉的咸味,而且还有一股迷人的香味,实乃画龙点睛之笔,并颇有些"原汤化原食"之意。不难想象,不同水域的海水令生蚝的口味大相径庭。法国六边形的领土中有三面分别沿着英吉利海峡、大西洋和地中海,这些海洋的气候和环境多变,法国生蚝的品种也因此琳琅满目。其中,最富盛名的无疑是享有"蚝中之王"之称的贝隆铜蚝(Belon),据一些资深美食评论家所说,此生蚝"入口有浓郁的矿物味和海草的香气,中味澎湃刺激,后味内敛清新,金属味强烈,所带来的麻痹感会由舌头两侧蔓延至口腔,劲度十足"。可惜我并非饕餮,坦白说,我从未在食用生蚝的过程中感受到过如此强烈的口感,倒是有两件与吃生蚝相关的小事让我觉得妙趣横生。一件是在吃蚝之后,应该如何处置所剩的蛎壳呢?在我看来,蛎壳最好的归宿就是"我从哪里来,回到哪里去",食客在享用完美食后,可以单手举起蛎壳,顺势猛地掷回海里,我保证,那美妙的感觉一定能让人想起小时候在河边打水漂的情景,只是,一般是很难做到让蛎壳在水面上连续跳跃的。在法国布列塔尼的康卡勒(Cancale)有一片著名的"蚝壳海岸",当地的传统便是所有人吃完蚝肉都要把蚝壳扔回海里,时间一长,那里现在就堆积成了一片独具特色的海滩。美中不足的是,扔蚝壳的乐趣仅限于在海边吃生蚝,对于内陆城市的居民而言,他们便无法享受到这份吃生蚝之外的乐趣了。而我要讲的另一件趣事则更加大众化,它不受限于吃生蚝的场地,并且可以说,它是食用生蚝所必须经历的一道工序——那便是撬生蚝。其实,这件事情的乐趣完全源于其本身的艰难,纯属苦中作乐。"我的叔叔于勒"在海船上的工作就是撬生蚝,他使用的工具和方法都很简单,只需遵循"拿小刀找准位置撬开生蚝"便大功告成,然而,这条看似容易的口诀,实际操作起来却常常因为找不准下刀的位置,或遇到有些难缠的生蚝把蚝壳紧闭,最后导致开蚝人用尽全身蛮力把蚝壳撬得支离破碎才算勉强过关。但此时的生蚝不仅卖相全无,而且能为蚝肉增添香味的海水也被漏得一滴不剩,实是让人扫兴。如果运气再有所欠佳,被用蛮力顶在蚝壳上的小刀不慎滑落,那将会是一场血光之灾,每年平安夜后的第二天,法国医院的急诊室里便挤满了等待包扎的伤员,这些倒霉蛋在准备圣诞大餐时都被撬生蚝的小刀割伤了手掌,这一年的圣诞一定会让他们印象深刻,他们将明白一个人生的道理——享用美味是需要付出代价的。

现如今,食用生蚝者可以被粗略地分为两种人,第一类人的目的纯粹简单,他们仅仅是从享用美食的角度上喜食生蚝的味道。而相比之下,另一类人的目的就不那么单纯了,他们并非把生蚝当作食物来食用,而是抱着一种"吃药"的心态,此类人大多是猥琐的大叔,比如素有科西嘉岛怪物之称的拿破仑,他就宣称,"生蚝是我征服女人和敌人的佳品",显而易见,生蚝被拿破仑当作"伟哥"以供壮阳之用。其实,关于生蚝这种特殊功效的说法古来有之,《本草纲目》中记载:牡蛎肉"多食之,能细活皮肤,补肾壮阳,并能治虚,解丹毒。"另据营养学所说,生蚝含有丰富的锌,从而有利于精子的生存和活动。以此我们或许可以推测,出生在诺曼底海边的莫泊桑势必也经常食用生蚝,因为据说这位染上过梅毒的法国作家非常风流,而且"能力"出众超群,美国作家弗兰克·哈里斯(Frank Harris)在《我的生活与爱情》一书中就这样描述道:"莫泊桑多次与我说,只要是他看上的女性,就一定能抱在怀里","他还坚持说,我干过两回、三回直到二十回,疲劳都是一样的。"猛男莫泊桑的超高能力是否与生蚝有关,我们无从求证,但毋庸置疑的是,全世界的男人都对具有壮阳功效的食物情有独钟,每个国家似乎都有一份民间口口相传的补肾大食谱。在法国,虽然生蚝也名列此项排行榜单之中,但是,它绝非榜首之选,冠军是一样我们万万没想到的食材——生姜。

法国电视一台(TF1)拍摄过一部纪录片,讲述的是一对表演阿根廷探戈舞蹈的法国老夫妻,当天晚上他们在巴黎有重要的演出,就在出发去剧院之前,老太太从厨房里郑重其事地端出了一根切成小片的生姜,老先生便开始一边大嚼生姜片,一边对记者说道:"要知道,有了它,我们又能找回年轻时的激情了,这可对今晚的演出大有好处。"生姜被法国人普遍认作是一种强劲有力的春药,寻常法国人家的厨房里绝不会使用生姜调味,我记得有一次邀请我的朋友——法国人朱力安——来家中用餐,我特地烹饪了上海浓油赤酱的名菜——红烧肉,当然,其中不免放了一些生姜片以作去腥之用,朱力安发现后,露出了诡异的笑容,并对我说,"我们俩是兄弟,可不是'同志'哦"。我这才知道了生姜在法国的特殊用途,从此之后,但凡邀请法国友人来家吃饭,饭菜上桌前我必将生姜仔细挑出,眼不见为净,至于友人吃完晚餐各自回家之后如何消解内心的热火,我就不得而知了。据说,法国人晚饭后"消火"最有效的办法应该是另找地方继续吃夜宵,法国菲利普·奥尔良(Philippe d'Orléans)摄政王在 18 世纪执政期间发起过一种特别的社交活动——Soupers Fins,有中国学者把它翻译成"精致晚餐"。实际上,Souper 这个词除了有晚餐的意思外,还有另一层含义,或许更能反映这个活动的内容,那就是夜宵。因为此活动的特殊之处在于它不止局限于吃吃喝喝,更重要的是,必须有美女相伴调情,最后往往从桌边吃到了床头,颇有些"海天盛筵"的意思,这种吃完东西立马就上床睡觉的饮食类似于我们睡前吃的夜宵,所以应该翻译成"精致夜宵"才对。电影《节日开始了》(Que la fête commence)就描述了奥尔良摄政王当年在巴黎皇家宫殿(Palais Royal)举办此项活动时的情景,场面十分奢华、风流、香艳,电影甚至还隐晦地讲述了奥尔良摄政王与他的大女儿乱伦的民间传闻。时至今日,故事的真实性已经难以考证,我们唯一可以确定的是,奥尔良摄政王的风流作风倒是被法国后来的政客们继承了下来。

放眼法国政坛,那些风流佳事几乎每一个都能拍成一部非常畅销的电影。作家弗朗西斯·纪豪(Francis Girod)出版过一本名为《失落的一封信》(Le bon plaisir)的书,描述一位虚拟总统和他私生女之间的故事,后来此书被拍成电影,尽管书中没有提及前法国总统弗朗索瓦·密特朗(François Mitterrand)的名字,但是大多数读者都猜到,密特朗就是小说中男主角的原型,而美女作家玛扎琳娜·潘若(Mazarine Pingeot)就是他

电影　失落的一封信

的私生女,这个公开的秘密从没有被揭穿过。直到 1996 年,在密特朗的葬礼上,他的夫人和情妇以及玛扎琳娜站在一起的照片才第一次公开了这段关系。另一位法国前总统尼古拉·萨科齐(Nicolas Sarkozy)的风流轶事在法国更是无人不知,无人不晓,据说他在一次晚宴上首次遇到名模布鲁尼(Carla Bruni)时,就对布鲁尼产生了强烈的好感,而他那时还没有正式和自己的第二任妻子离婚。萨科齐当时称赞布鲁尼说,她就是自己心中最有魅力的玛丽莲梦露,并走到布鲁尼的面前,大胆地向布鲁尼索吻,"我敢打赌你绝不敢当着所有人的面亲吻我的嘴唇"。即便是与自己的第二任妻子塞西莉亚(Cécilia),他们的感情经历也非常传奇,在萨科齐 27 岁那年,他和第一任妻子结婚,婚后两年,他在以市长身份为塞西莉亚的第一段婚姻主持婚礼时,就被塞西莉亚的惊鸿一瞥迷住了心神。数年之后,两人的外遇开花结果,各自离婚重新组成家庭。相比于这两位总统,萨科齐的继任者弗朗索瓦·奥朗德(François Hollande)偷情的经历就显得平淡无奇甚至有些搞笑,这个被萨科齐嘲笑为"染发的小胖子"瞒着自己在爱舍丽宫的女友瓦莱丽（Valérie），在夜色的掩护下乘坐摩托车与情人朱莉·加耶（Julie Gayet）私会，为了掩人耳目，奥朗德进出情人家时都一直戴着摩托车头盔，圆形硕大的头盔搭配上奥朗德发福的身材，整个场面简直就像是一只笨重的大棕熊迷了路，难怪萨科齐挖苦道："奥朗德戴着摩托车头盔从情人家中走出来的样子很搞笑，他真是一个荒唐的总统。"这并不是奥朗德第一次偷情了，伤心的瓦莱丽从前自己也非"正室"，在她之前，奥朗德还有一个跟他共同生活了三十多年的女友，并且一起养育了四个孩子，正是瓦莱丽的介入才结束了这段关系，而奥朗德的这一位前女友正是大名鼎鼎的社会党政要塞格林·罗亚尔（Marie-Ségolène Royal），目前是奥朗德政府内阁的环境和能源部长，所以你看，这两个人的私人感情虽然结束了，但是在政治上仍然是坚固的盟友。

这些"情色男女"的故事在法国的政坛还有很多，令人惊讶的是，此类风流佳事或者说"性丑闻"并没有让政客们受到民众的唾弃，也没有因此丢掉了手中的权力，这就让很多其他民主国家的人看不懂了，因为在这些国家，性丑闻是极其严重的事情，当年克林顿与莱温斯基的桃色事件让克林顿吃尽了苦头，还受到了国会的弹劾，差点掉了饭碗。所以很难理解法国人的宽容和淡定。有人分析说，这是因为法国人天生好色，但问题是，全世界哪里的男人不好色呢？也有人分析说是法国人见怪不怪了，整个政坛的风气就是这样，早就麻木了，也改变不了什么。但我认为这个说法并不准确，因为天生具有抗争精神，且拥有游行示威传统的法国人如果要对此类事件认真追究下去的话，估计很快就能把这些政客搞下台，并且迅速地营造出像在美国政坛对待此类"性丑闻"严厉的政治气氛，法国人不这么做的原因绝对不是他们不能，而根本就是他们不想这么做。加拿大人让·伯努瓦·纳多（Jean-Benoit Nadeau）和朱莉·巴洛（Julie Barlow）在著作《六千万法国人不可能错》（SixtyMillionFrenchmen Can't be wrong）中解释道，这是因为法国人认为卧室里发生的事即使涉及政治也同样是隐私，所以他们不会以此类私人事件来评判其公共事务上的能力。不错，这个理论确实给予了事情部分合理的说明，但是，假使法国人觉得不应该拿隐私来谈政治的话，那么，奥朗德的支持率应该稳定不变才对，这又该如何解释奥朗德在偷情的新闻曝光之后，支持率竟然不降反升呢？甚至他在偷情时所戴那款摩托车头盔都畅销法国。这个迹象似乎表明，法国人非但不唾弃这些风流韵事，从内心上来讲，他们对此甚至是推崇的态度。如果我们仔细分析一下总统们的这些艳遇故事，不难发现这些艳遇中的爱情所具备的一个特点，它们几乎都是发乎情，但并不止于礼，换句话说，它们具有极致的冒险精神，而这恰恰就是法国人对待爱情的最高信条，所以这些增加的支持率，支持的不是总统，而是敢于冒险的爱情。

法国人爱情之灵魂——冒险精神——有待下文再讲。至于卡洛琳娜女士关于把生蚝作为婚宴前菜的建议，我还是断然拒绝了，毕竟，我们的婚宴可不是那奥尔良摄政王的"精致夜宵"。

如何追求法国女生

俄罗斯裔美国作家弗拉基米尔·纳博科夫(Vladimir Nabokov)的著名小说《洛丽塔》(Lolita)在问世之初未获准在美国出版,起因是书中有大量描述一个中年男子与一个未成年少女洛丽塔的性爱情节而被斥责为"淫秽之作",最后迫不得已,这本书在美国书商的建议下在法国出版。虽然洛丽塔在当时的法国也遭到了一些阻力,并且反反复复地处在被查禁和被解禁的循环状态中,但终究还是成功地出版问世了。

《洛丽塔》在法国的成功相当程度上要归功于法国人性观念的开放,这一点是毋庸置疑的。性爱的场面在众多法国文学以及影视作品中都被表现得淋漓尽致,即使是在那些流行歌曲的歌词中都有浓墨重彩的描写,菲利普·厦戴(Philippe Chatel)的流行金曲《我爱你,莉莉》(Je t'aime bien Lili)中,就有一段如下的歌词,"我非常爱你,莉莉,当夜的床上只有我们两个;我爱你,莉莉,爱床上的你,床上的你。"然而,这首令我们羞涩的歌曲在法国人的艺术创造中已经尚属委婉含蓄的行列,更加大胆露骨的创作在法国比比皆是,所以,在这种艺术氛围之下,法国民众对于《洛丽塔》的接受程度要高得多。但是,需要特别说明的是,这本小说在法国的成功不能简单归功于法国人开放的性观念,大家似乎都把关注的焦点放在了此书的"淫秽"之上,却忽略了整个故事中最为重要的感情脉络。人们大可批评小说中的男主人公和洛丽塔这两个人之间的关系有悖伦理道德,但是,你无法否认,他们之间有着令人惊心动魄的爱情,并且,这种"不伦之恋"恰好体现着刺激的冒险感,而这正是法国人对于爱情最高的信仰。

　　许多法国电影都表达过对具有冒险精神之爱情的痴迷和向往,其中的几部电影在中国同样脍炙人口。吕克·贝松(Luc Besson)导演的《这个杀手不太冷》(Léon)中的职业杀手——里昂——收留了12岁的小女孩玛蒂达,里昂教她杀手的技能,玛蒂达则帮他管家并教他识字,两人渐渐生起似父女又似恋人的复杂情愫。你看,一个是顶尖杀手,一个是少年老成的12岁小女孩,多刺激的爱情啊!这部电影除了没有关乎性的描写,在所要表达的情感上与《洛丽塔》似乎如出一辙。曾经就有人把它们拿来做比较,吕克·贝松的回答是:其实,这部电影讲的是两个孩子间的故事。导演绝妙的诠释又让里昂与玛蒂达的爱情变得如此美妙动人。还有一部电影——《两小无猜》(Jeux d'enfants),小男孩于连和小女孩苏菲的相遇开始于一场孩童间的闹剧,当一个人问另一个人"敢不敢"的时候,另一个人必须说"敢",一个精美的铁盒子就是他们游戏的见证,这个游戏两人玩了十多年,他们什么都敢,甚至彼此伤害,但就是不承认彼此相爱。有趣的是,中国观众在观影后,对此片的评价都是"愚蠢,男女主角毫无责任感,完全不是想象中的法式浪漫",然而,恰恰相反,这正是法国人浪漫的最高境界——冒险!影片中所表达的爱情虽然没有美丽的鲜花,没有甜蜜的情话,甚至充满了伤害,但还有什么能比这样一场看似荒谬的爱情游戏更让人刻骨铭心呢?把法式爱情的冒险精神演绎得登峰造极的是另一部充满奇幻异想的电影《天使爱美丽》(Le Fabuleux Destin d'Amélie Poulain),有着不幸的童年却豁达乐观的艾米丽在一个偶然的机会发现了一只藏在浴室墙壁里的锡盒,里面放着很多男孩子们珍视的宝贝,艾米丽推测这是一个已经长大的男孩在童年时埋藏的珍宝,于是她决定寻找盒子的主人,将这份珍藏的记忆归还给他。在寻找的过程中,艾米丽经历了许多奇幻的冒险,渐渐地,她发现自己要找的这个男孩跟她一样有着奇怪的爱好和想法,最后艾米丽情不自禁地爱上了他。整部影片充满了丰富的想象力,跟《两小无猜》一样,这同样是一场惊天动地的爱情游戏,它再一次向我们宣示了法国人崇尚的浪漫爱情到底是什么。但是,朋友们或许会问,这些例子统统都是电影创作,现实生活中的法国人在爱情里也具有冒险精神吗？答案是肯定的。奥朗德政府内阁里最年轻的财政部长马克宏（Emmanuel Macron）与妻子特罗涅传奇的"忘年恋"就是最有力的佐证。20 年前,在马克宏 17 岁时,特罗涅是他的法语老师,她那年 37 岁,已经是三个孩子的母亲,还有过一段失败的婚姻,可是,这丝毫没有阻止才华出众的马克宏与他的法语老师坠入爱河。2007 年,这段师生恋修成正果,如今,特罗涅已经有了第三代,37 岁的马克宏则顺理成章地升级成为了"祖父",他与妻子的这段传奇爱情现在是法国人家喻户晓的一段美谈。所以,冒险精神是法国人追求的至高爱情,它是法式浪漫的灵魂,了解了这一点,对于以下要讨论的话题至关重要。

在东方卫视真人秀——《花样爷爷》里,演员刘烨与他的法国妻子安娜常常上演温馨一幕:安娜不时爱怜地捧起丈夫略显憔悴的脸,展现出温柔娇妻的妩媚一面,除此以外,安娜还在节目中展现了自己出色的中文表达能力,更是秀了一手地道的中国厨艺。有如此优雅又贤惠的法国妻子,刘烨被众人羡慕,绝对称得上是人生赢家。节目播出当晚,"法国媳妇"的话题就在网络上走红,有不少已经生活在法国或即将去法国的男生都跃跃欲试,立志要追求一位法国美女做自己的女友。法国女人的优雅向来世界闻名,是各国男士仰慕的对象,但问题是,很多中国男士并不了解法国女人的脾气和喜好,觉得无从下手,有鉴于此,本文将给出追求法国女人最为核心的战略与战术。首先,要成功捕获法国女人的芳心,最重要的就是要时刻牢记上文所描述的冒险精神,作为法国人最崇尚的爱情,此杀手锏一出,法国女人便恐怕再也难以招架对方的追求,所以"冒险"两字是核心的战略思想。但这也并非就是说非得要找一个未成年的"洛丽塔",或是比自己大 20 岁的"法语老师"。冒险的形式可以是多种多样的,万变不离其宗的关键是特别、不一样,你要吸引法国女人,你就必须表现得与众不同,她才能注意到你。从这个角度上来讲,中国男人是极具优势的,法国女人打心眼里喜欢外国男生,不一样的语言,不一样的文化,不一样的长相都会让她们觉得跟这样的男人交往妙趣横生。2014 年在法国有一部卖座的电影——《岳父岳母真难当》（Qu'est-ce qu'on a fait au Bon Dieu?）,故事的主人公是一对虔诚的法国天主教徒,

4 mariages, 2 têtes d'enterrement

QU'EST-CE QU'ON A FAIT AU BON DIEU ?

UN FILM DE PHILIPPE DE CHAUVERON

Leurs filles...

Leurs gendres
Rachid, David, Chao, Charles

Claude et Marie

CHRISTIAN CLAVIER CHANTAL LAUBY ARY ABITTAN MEDI SADOUN FRÉDÉRIC CHAU NOOM DIAWARA FRÉDÉRIQUE BEL JULIA PIATON ÉMILIE CAEN ÉLODIE FONTAN

Bienvenue dans la famille Verneuil

电影　岳父岳母真难当

他们有四个如花似玉的女儿都到了谈婚论嫁的年龄,两人希望自己的女婿能够和他们有相同的宗教信仰,然而现实却不尽如人意,他们的三个女儿分别爱上了阿拉伯人、犹太人和中国人,老夫妻只好把最后的希望寄托在了小女儿的身上。让他们万万没想到的是,最后小女儿竟然领着一位非洲裔黑人男友站在了他们的面前。你看,有那么多年轻帅气的法国男人供她们选择,她们偏偏就是喜欢外国男人。再加上四个女儿时刻都被笼罩在父母所营造的"必须嫁给法国天主教徒"的阴影里,正所谓"无敌就是寂寞",这种无处不在的张力反而让她们觉得与那些外国男人交往的冒险指数陡然上升,难怪她们个个都爱得死去活来了。因此,中国男人势必要充分利用自己异域文化的优势,切勿一味地向法国男人的欧式风格靠拢,如有必要,还大可发展一下自身东方文化的修养,在有心仪的法国女人出现的时候,适当地采取一些冒险的方式,届时必定手到擒来。

　　法国诺曼底卡瓦尔多斯省(Calvados)的一片海滩上,法国电视一台(TF1)的记者正在进行一项调查,因为从这个夏天开始,来这片海滩度假的人们再也不可以一边晒着太阳浴,一边吞云吐雾了。事情的起因是法国政府出台了法令:禁止在海滩上抽烟。据说,这条禁令在不久的未来将会遍布整个法国的海滩,而记者的到来正是为了采访人们对此的看法。就在采访的过程中,一个有趣的现象引起了我的注意,我发现,记者所挑选的采访对象无一例外全都是穿着比基尼的法国女人,似乎没有人关心男人们的想法。而那些接受采访的女人们对此条法令的反应大都义愤填膺,"总有一天我们会被禁止在海滩上呼吸的",一位皮肤晒得黝黑的法国女人对记者抱怨道。记者对其"抽样调查"样本的选择让我不禁猜想,这位专找比基尼女郎谈话的记者莫非是一位无耻好色之徒?实际上,但凡对法国女士有所了解的朋友都会明白记者的这种"男女歧视"。要知道,法国女人嗜烟的名声在外,常常会在街上遇到法国女人向路人"借火"甚至是"借烟",而这在中国几乎只会发生在男人身上。另外,任何一所大学和高中的校门口则都有一道靓丽的风景线——成群结队的法国少男少女在吞云吐雾间谈笑风生,至于男女比例,根据法国统计局(INSEE)2005年的一组数据,17岁的法国女生中有32%的人吸烟,这个数字与法国17岁男生的34%几乎持平。虽说在吸烟的人数上,法国男人还尚且略胜一筹,但事情的关键在于,法国女人抽烟时所特有的优雅妩媚给世人留下了深刻的印象,而法国男人在吸烟这件事上并无过人之处,所以,大家更情愿知道法国女人对于这条禁令的看法。我在这里讲述此条禁令的原因倒不是为了法国人打抱不平,我只是想通过"法国女人嗜烟如命"这一事实得出一条追求法国女人有效的战术——陪她一起吸烟。据我最保守的估计,在公司或者大学里,一位吸烟适量的法国人在上班的7个小时中至少也要消耗掉5根烟,每次时长则大约15分钟。这就是说,假使你可以做到一次都不落地陪伴你的意中人一块儿吸烟,那么,你每天就争取到了75分钟与她相处的时间,一周五天工作日就累积了375分钟,整整6.25个小时!这可相当于一个完整的工作日啊!在足够充分的交流时间里,你再合理运用"冒险精神"之战略,那么,成功抱得美人归的胜率必可大幅增长。

有一些深谙历史的学者曾经解释说,法国女人之所以爱吸烟是因为她们追求男女平等,甚至是崇尚女权主义。这种解释或许有一定的道理,但我认为,事情根本就没有那么复杂深奥,法国女人爱吸烟纯粹就是因为她们喜欢被男士搭讪甚至可以借此主动出击,这是她们给自己创造的机会。所以,当男士们为自己以吸烟之名成功搭讪上法国美女而沾沾自喜的时候,或许法国女人正在那里一边抽着"事后烟",一边心里暗自好笑,"得意什么,这其实是我设计的圈套罢了。"谁中了谁的圈套,已经不重要了,要紧的是,男士们切勿不识抬举,辜负了法国女人的一片良苦用心。

法国女人蜗牛式

法国前总理克勒松（Edith Cresson）夫人去英国访问后，公开在媒体上批评英国男人没文化、没礼貌，因为自己到英国伦敦逛了几天，却没有一个英国男人抬起头看她，如果在巴黎，法国男人哪怕正在埋首于工作，只要有个女的从旁边过就会行注目礼。

说句公道话，在这件事情上，我倒觉得英国男人实在是被骂得有些冤，因为据我所知，在这个世界上，恐怕只有在法国，目不转睛地盯着不相识的女人看才被视作是有文化、有礼貌的行为，其他国家的绅士则大多视此举动为荒淫无耻，不屑与之为伍。同样，对于吃拉面这件事，食客发出哧溜的声音向来都是没教养的表现，但唯独在日本人的面馆里，食客用吃面时所发出的声响来向拉面师傅致敬，这个时候不声不响，反而被认为是不礼貌。所以，看不看女人，吃面"哧溜"与否，其实都只是各自文化不同所造成的差异，没有绝对的对错，克勒松夫人则显然在用法兰西的行为准则去批评英国人，在有失公允之外，还不免有"世界虽大，唯我独尊"之嫌。她尚不知，法国男人的这一举动在其他国家都会被贴上好色的标签。与此同时，从另一个角度上讲，克勒松夫人的反应也恰好验证了我之前所说过的观点，"法国女人非常乐意被搭讪"，并且，她给你搭，你不搭，她还要说你没礼貌。

因此，法国男人的好色也并不就是天生本性所致，这事情的根源其实是在法国女人的身上，正是法国女人的热情奔放把法国男人给惯"坏"了，而且，更要命的是，如果法国女人仅仅是热情也就罢了，但偏偏法国女人还顶着地球至高女神的头衔,这实在很难要求法国男人能够达到坐怀不乱的境界。法国女人的名声在外,不论是欧洲人、美国人还是亚洲人,他们都在矢志不渝地研究法国女人,书店里关于她们的书籍多如牛毛,并且所得结论空前一致。这些书籍的作者对法国女人的评价最终都归结为"优雅"两字,毋庸置疑,这个评价是女人至高的荣誉,因为它要凌驾于年纪轻、长得好看、身材好、有内涵等所有优质女人的特征之上。优雅是一种说不清道不明的感觉,没有人能够把它完完全全地描述出来,以至于很多作者只好借用一个具体的场景来试图还原他所见法国女人的优雅,其中最常被描写的镜头是咖啡馆里的法国女人拿着一根烟,在吞云吐雾间对作者露出一个不经意的微笑,男性作者在这突如其来的幸福面前,则大都腿一软,瘫坐在座位之上动弹不得。这个场景确实在某种程度上成功地刻画了法国女人的优雅,一来,云雾缭绕的气氛有助于营造"神仙姐姐"的画面感,二来,法国女人抽烟是普遍的现象,具有代表性,并且这对理解她们苗条的身材也意义重大,因为据说抽烟可以有效地抑制食欲。

假如要让我在所有造成法国女人优雅的原因中做一个排序,那我应该会把运动和阅读放在前两位,倒也不是说做到了这两点的女人一定能优雅,但可以反过来说,做不到这些的女人大都优雅不起来,因为前者关乎她们的外表,后者则有助于其塑造内心。我们根本就无需走进健身房,只要在任意一个天气晴朗的黄昏,坐在卢瓦河边数一数来来往往跑步的法国女人的数量就可以大致得出结论。法国女人曼妙的身材、挺拔的身姿除了源自其优质的基因,更是由于她们为此长期所付出的努力。法国女人保持着惊人的运动量,要不然,她们所钟爱的奶酪、甜品随时可以让人身材走样。再说了,一向把美食奉为至高信仰的法国人可不会为了减肥而亏待了自己的胃,所以,要想美食与身材兼得,运动就变成唯一的出路。即便是那些下班后还要照料家庭的职业女性,她们也仍然有机会在午休的间隙活动一下筋骨。很多法国公司为职工在这个时间段内提供了运动的器材甚至是健身教练。除了运动,法国人还喜爱阅读,在地铁上、火车上,甚至在度假的海滩上,都可以见到为数众多的法国读者的身影。据 Insee 统计，2008 年，64% 的法国人在这一年至少读完了一本书，而法国女人的表现又要好过男人，她们的比例达到了 75% 之多，这个成绩远远领先于世界上绝大多数的国家。为了证明自己到底有多爱读书，法国女人安妮·弗朗索瓦（Annie François）还特地出版了一本以"读书"为主题的专著，叫做《读书时代》（Bouquiner：Autobiobibliographie），读了这本书或许能让人更加意会什么是法国女人的优雅。安妮是一名纯粹的"书虫"，她向读者讲述了一件又一件与书有关的故事，整本书虽没有波澜壮阔的情节，也没有华丽的辞藻，但读起来就是让人觉得心旷神怡，一切都拿捏得恰到好处，或许这就是所谓的优雅，这样的书恐怕也只有法国女人写得出。所以，比起运动，阅读在塑造法国女人的优雅上起到了更为重要的作用，你看，在电影《刺猬的优雅》（Le hérisson）中，公寓女门房荷妮纵然外表肥胖丑陋，但几十年如一日的阅读却为她筑起了一个丰富的精神世界，就单单凭此，她也被破格列入优雅的行列。

电影　刺猬的优雅

法国名菜烤蜗牛举世闻名,但我估计很少有人知道此道佳肴的原材料——蜗牛——具有一种特殊的生理构造:它们中的有肺类蜗牛在性别上竟然"可男可女"! 换句话说,它们是雌雄同体的。当两个这种类别的蜗牛交配时,它们会相互交换精子,在各自的体内形成受精卵,然后两者都分别产下小蜗牛,还有些则索性自给自足,又当爸爸又当妈妈,独立生殖。所以,不知道你有没有发现,我们在吃蜗牛的时候,从来没有讨论过"到底是雄的好吃,还是雌的好吃",这一食客总是纠结的问题在"男女不分"的蜗牛身上并不存在。就这一点而论,用蜗牛来比拟法国女人就再合适不过了,因为在我看来,法国女人也亦是雌雄同体的,她们在优雅之余,骨子里还藏匿着刚强的一面,一旦时机成熟,便能爆发出无穷的潜力。我至今仍旧惊讶于法国女人对于足球的热爱,而且难能可贵的是,她们不像其他国家的女人唯独对踢足球的帅哥情有独钟,很多法国女人是身体力行地实践这项运动,在足球训练场上不乏她们的身影,她们的玩法也不是女人对女人,通常情况下,她们和男人在一个足球场上竞技,抢球、过人、射门全都不逊色于球场上的男人们,所以,足球对于她们而言,同样是男女不分家的。法国有一个家喻户晓的女英雄——圣女贞德(Jeanne d'arc),她在英法百年战争中,带领法国军队对抗英军的入侵,多次打败英国人,成为了闻名法国的女英雄。更令人赞叹的是,她在赢得整场战争中扭转局面的战役——奥尔良之围——时才刚刚年满 17 岁,然而,就是如此年轻的一个女孩却完成了连男人都做不到的事情,有一个笑话因此是这样说的:"法国人唯独在女人的带领之下才能赢得胜利。"这些例子都足以论证法国女人个性中的刚强,但是,需要注意的是,至今为止,我所谈论的这类"雌雄同体"的法国女人,她们只不过是在精神上拥有坚毅的品质而已,她们的身体和内心仍然是百分百的女人,并没有任何的男性化。相比之下,接下来我要说的这位法国女人,她的"雌雄同体"就让人匪夷所思了。

　　法国极右政党"国民阵线"(Front National)的现任党首马琳·勒庞(Marine Le Pen)2015 年 5 月 1 日在巴黎举行传统集会演讲时遭遇女权组织费曼(FEMEN)的搅局,她们上身裸体并打出"停止法西斯主义"的标语以示对国民阵线的抗议与讽刺。这已经不是双方第一次爆发冲突了，她们之间的恩怨由来已久，马琳几乎每年都要遭到女权主义者的集会抗议。老实说，这两方的矛盾乍看起来完全不符合逻辑，因为女权主义者所倡导的妇女解放，应该说，在马琳身上得到了最好的体现，她作为一名性格刚毅的女人，不但在政治风格上作风强硬，事业蒸蒸日上，而且在私生活里，她也经历过两次离婚，是一位独立抚养着三个孩子的单亲妈妈，所以，马琳实在应该当选女权主义者的形象代言人，怎么反倒被女权主义者所声讨呢？其中的原因让人大跌眼镜，事实上，虽是女儿身的马琳却是一个不折不扣的大男子主义者！她在2012年的总统选举过程中声称，"女性最大的进步，就是应该待在家里。"这样的主张显得特别的诡异，我从没有见过第二个人可以在光天化日之下把自己的所说所做分离得如此彻底，或许这包含了法国人所特有的哲学思辨精神，但凡夫俗子如我至今都没有想明白一个问题，那就是在马琳说出这句话的当下，她到底视自己为女人还是男人？我估计，连她自己都很难辨别吧，从这个角度上讲，马琳倒是再一次做到了女权主义者所崇尚的理念，把"男女有别"真正地变成了"男女不分"，因此，"雌雄同体"的冠军头衔非她莫属。

法国名菜　烤蜗牛

法国是以自由著称的国度，但让人意外的是，在男女平等的问题上，法国却一直落后于其他的国家。直到 1944 年，法国女人才通过不懈的斗争为自己赢得了选举权，而英国、德国、前苏联等国的女性早在 1918 年就已经获得了此项权利，而且，即便是在法国女性获得投票权 70 年后的今天，民选职务对她们而言仍然是遥不可及的，今天 95% 的总统议会成员，73% 的众议员和 78% 的参议员，仍然还是男性。政治之外，法国其他的行业同样存在或多或少的男女不平等，特别是在赫赫有名的葡萄酒业，重男轻女的思想根深蒂固。从前，只有酒窖主人的儿子才有权继承家族的葡萄庄园，女儿则被认定无法胜任这项繁重的工作，从而丧失了继承权。所幸的是，这种男女区别对待近来有所好转，人们意识到，女性或许对味道更加的敏感，因为她们从小就对妈妈的香水感兴趣，而且，红酒瓶的标签上常有一项叫做"口味描述"的栏目，它大都以散文化的形式出现，并运用丰富的想象力对葡萄酒的芳香做恰到好处的夸大其词。这一点至关重要，一段优美的文字能让人酒性大发，为酒庄赢回声誉，而女性恰好擅长运用细腻的感情来描述酒的口味。有鉴于此，越来越多的女性开始被允许继承父亲的葡萄酒生意，但截至今日，她们在此行业中的影响力比起男人仍然相去甚远。

　　法国人历来的观念里，男女一定有别，你看，法语单词就被法国人分成两大类，阴性和阳性，它与英语、德语还不一样，法语并不存在中性，这就是说，法国人必须把每样东西都分出是男还是女，这样的语言设定时常刺痛着法国女权主义者敏感的神经。法语里的职衔通常都是阳性的，女市长被称为 madame le maire(le 在法语中为阳性定冠词)，女部长则为 madame le ministre，这一点让女权主义者感到忿忿不平，她们强烈呼吁，女性部长应该被改称为 madame la ministre(la 是阴性定冠词)，虽然坚持法语纯正主义的法兰西学院（Académie française）反对改变职衔的阴阳性，但是大部分法国人还是接受了这种改变。其实，我倒觉得女权主义者以后大可不必为了这种小事大动肝火，因为深受单词阴阳性困扰的不单单是女人，法国男人的尴尬如出一辙，比如，现在有越来越多的法国男人开始进入助产士这个行业，可不幸的是，助产士的法语称呼"sage femme"如果直接翻译成中文的话,意思就是"智慧的女人",所以在法国,一名男性助产士经常需要在病人的面前宣称自己是"女人",这让他们不免有些别扭。因此,在法语单词阴阳性这个问题上,男女虽然有别,但大致还是平等的,不论是法国女人还是男人,都在被迫地执行"雌雄同体"。

假期困难户

"所幸你们的婚礼不是在七八月,鬼知道那时我躺在普罗旺斯山区里的哪片角落呢。"

"幸好婚礼不是在夏季,那时我还在地中海享受着日光浴呢。"

"如果你们在八月举行婚礼,我们就只好从巴斯克的露营地提前回来了。"

九月伊始,几乎所有法国朋友在收到我的喜帖时,都发出了一句由衷的感叹,语气中夹杂着庆幸却又有些许的失落,庆幸的是能够顺利赶上我们十月末在奥利韦的婚礼,失落的则是他们热爱的夏季假期随着八月的落幕黯然离场了。

毫不夸张地说,在度假这件事情上,法国人向来都是外国人羡慕的对象。除了每年 11 天的法定节假日之外,任何一个普通的法国人还可以享受至少 5 周的带薪假期,有些甚至达到了 9 周之长,给人的感觉是似乎法国人始终游离在两种生活状态之间:正在度假,或者,正在为度假做着准备。这也成了外国人诟病法国人懒散的有力证据之一,特别是我们这些辛勤工作的中国人。但说句公道话,此类针对法国人的指控不免有些"吃不到葡萄说葡萄酸"之嫌疑,我相信大部分工作了的中国人都非常怀念学生时代,特别是每年的寒暑假,那简直就是年轻时的嘉年华,那时候就在想,假使一辈子都可以过寒暑假,该有多好,这也是许多朋友最终成为人民教师的一个重要原因。然而,大部分的中国人在参加了工作之后就彻底告别假期了。可恶的是,对于这样一个中国人所共有的梦想,偏偏法国人唾手可得。

让-皮埃尔·里乌(Jean-Pierre Rioux)和让-弗朗索瓦·西里内利(Jean-Franois Sirinelli)的著作《法国文化史》(Histoire Culturelle de la France)中有这样一段描述:"1907年8月18日晚上,谢和若阿纳公司资深干练的普通职员马丁先生携带夫人和两个男孩从巴黎蒙帕纳斯车站出发,开始一次事先精心安排的快速特惠观光游览旅行。8月19日早上,他们一家人兴致勃勃、高高兴兴到达圣马洛的围墙高处和夏多布里昂的墓地。下午,他们赤脚在迪纳的海滩上游逛。20日,布雷斯特及其锚地在他们眼前鱼贯而过。21日,他们参观了南特的卢瓦尔河的河堤、活动吊车渡桥和造船厂,当天晚上他们到达圣纳扎尔。22日,他们在6小时内走马观花,匆匆游览了图尔,观赏了它的教堂,甚至总主教教区花园里的那棵大雪松,然后看了布卢瓦城堡。在这次旅行的末尾,他们瞻仰了奥尔良的贞德塑像。晚上11点钟,马丁先生一家返回巴黎家中,心花怒放,心满意足。他们承认,这次旅游可能使人筋疲力尽,但是安排得很好,花的时间少中看的东西多。"大家对于马丁先生这种走马观花式的旅游是不是觉得似曾相似,倍感亲切呢? 这是我们大多数中国人至今的旅行方式——用最少的时间游览尽可能多的景点,而问题在于,马丁先生的这次旅行发生在一个多世纪前的1907年,那时娱乐消遣才刚刚在法国开始。这种假期寥寥无几的状态一直持续到1936年,那是法国历史上颇为重要的一年,就在这一年,法国左翼联合政权——人民阵线——在议会中获胜,组成了以工人阶级为主的法国政府,对法国的政治格局、文化扶持、外交战略做出重大调整。在这种环境下,工人首度享受到连续两星期的带薪休假,因此大批大批的民众从都市跑到海边度假,海边因而首度挤满了度假的人,成为那时候大众文化的焦点事件。电影《北郊1936年》(Faubourg 36)讲述的便是在这样一个激情澎湃的时代背景下,巴黎一个平民聚集的郊区里,三位工友重建音乐剧院的故事。所以,从无到有,再到现在每年5周的带薪假期,法国人经历了将近百年的斗争才逐步拥有了今天的福利,我们中国人还是不要心生嫉妒为好,要知道,天下没有免费的午餐。

在法国,带薪假期一般被人们一分为二来使用,比重较小的一部分用作寒假,根据个人和家庭的选择,从 11 月至次年 3 月之间启程。在冬季这个时间段内出行,法国人首选的度假地点当然是去山地进行滑雪运动,每年一到冬季,法国的火车站里就总是挤满背着滑雪装备的男女老少。法国有四块宝地在冬季可供滑雪,分别是东北面的孚日山脉(Massif des Vosges),中部的中央高原(Massif central),西南面的比利牛斯山(Pyrénées)以及最富盛名的位于东南部的阿尔卑斯山(Alpes)。一般来说,收入较低的家庭会选择前往前三座山脉,富裕的阶层则选择去阿尔卑斯山区滑雪。当然,在出发去滑雪前,首先要面临的一个棘手问题是,所要前往的目的地今年是否下了足够多的雪? 2014 年的冬天,去度假的法国人就遇见了一个大麻烦,当年法国的天气一反常态,直到 12 月末滑雪圣地都还未见大雪纷飞,全法 200 座滑雪场仅有 40 座开业,连原定在阿尔卑斯山举行的滑雪世界杯分站赛都被迫取消了。最可怜的要数那些提前预定去度假的法国人,他们一路背着沉重的装备,到达了目的地之后却不得不放弃原先的滑雪计划,全改成田园风光游了。这让法国人特别恼火,他们一致认定,“都是全球气候变暖惹的祸”。所以你看,在气候变暖这个话题上,法国人一直是国际舞台上最为活跃的一分子,这其实就是因为气候变暖与他们的度假计划息息相关,你断了法国人度假的权利,他一定跟你抗争到底。没想到的是,到了 2015 年年初,峰回路转,一夜之间暴风雪来袭,只是这次又吹过了头,大量前往滑雪的游客被困在路上,连滑雪站内的电力设施都不堪重负,纷纷告急,最后还是不得不关闭了滑雪站,让人不禁感叹,在滑雪这件事上,法国人这一年真是厄运连连。然而,若是当年冬天的降雪量恰好适量,正宜做滑雪之用,那么,在冬季过后,你会发现法国满大街都是坐着轮椅或是拄着拐杖的伤员,这些人全是在驰骋雪场的过程中英勇负伤的,其中的一些倒霉蛋甚至在度假的第一天就不幸摔断了腿,刚开始的假期全泡了汤。事实上,滑雪运动向来都有着相当高的危险系数,无论你拥有人类最强的大脑还是最强的身体,都无法保证你在滑雪时百分百的安全。2013 年的冬天,德国总理——铁娘子默克尔——就在瑞士度假滑雪时受伤,骨盆部分骨折,以至于在新年伊始,她参加各大国际会议时一直拄着拐杖,所幸伤情并不算太严重。相比之下,七届 F1 世界冠军迈克尔·舒马赫就没有那么幸运了,他在同一年滑雪摔伤后,被诊断为头颅外部遭受重创,颅内出血,脑组织损伤,至今仍在昏迷中,而车王出事的地点就在法国阿尔卑斯山的梅瑞贝尔(Méribel)。说起这座欧洲最著名的山脉,真是让人又爱又恨,在它的最高峰——勃朗峰(Mont Blanc),每年滑雪或者登山活动中都会有多起人员伤亡事故发生,平均每年有 45 人死于雪崩,但即便如此,法国人仍旧对它趋之若鹜。一位居住在山脚下的法国人在接受记者采访时是这样说的:"勃朗峰给了我们最奢华的快乐,同时也带来过无尽的悲伤,但这正是山峰的魅力所在。"

　　七八月份的夏季假期无疑是一年中度假的重中之重,到了那时,几乎所有的法国人都拖家带口,倾巢而出,高速公路上每天都挤满了车,这些大大小小的各式旅行车里通常都载着一家老小,他们穿着沙滩裤,身旁通常是一只按捺不住兴奋从而东张西望的小狗,车顶上则顶着满满当当的行李箱或者是皮划艇这类的度假装备。由于大量的车辆同时出行,所以经常造成高速公路不堪重负,形成一条蜿蜒曲折的堵车大军,一般情况下要堵上好几个小时。彼得·梅尔在《普罗旺斯的一年》里这样描写举国出动的度假大军:"前方排列着更多旅行商队,在阳光下闪耀着刺眼的光芒,缓缓地向前蠕动。这让我不得不打消了早点吃到午餐的念头。最后这 5 公里走了一个半小时,总算是见到了蔚蓝的海岸。"于是,为了减缓交通压力,法国电视一台(TF1)每至度假季,周五晚上都会提前预估周末高速公路拥堵的程度,帮助度假的法国人错开出行的高峰期,所幸,只要可以享受舒适的假期,黎明前的这点黑暗根本算不了什么。夏季度假的方式多种多样,其中最受法国人欢迎的无疑就是去海边晒太阳了。对于选择到海边度假的法国人,按照收入的不同大致分为两拨,富人阶级大都去了地中海的沙滩,收入相对较低的则去到诺曼底或者布列塔尼的海滩。虽然这些海域的景色有所区别,但不论在哪片海滩,可以进行的娱乐活动都很丰富,运动健将们拿着滑板去冲浪,或是驾驶着帆船出海,又或是穿着潜水衣去领略海底世界,再不济的也能在海里游个痛快。我想特别介绍的是一项法国人所钟爱的海上活动，它在中国并不常见却极具趣味，严格地说，它算是垂钓的一个升级版本，只是过程的惊险程度有过之而无不及。此项被称为"海中捕猎"（Chasse sous marine）的活动在法国作家儒尔·凡尔纳（Jules Verne）的著作《海底两万里》（Vingt mille lieues sous les mers）中就已初具雏形，书中有一段这样的描写："一直到水中露出明亮的地方的时候，我才看见勇敢大胆的船长，抓住鲨鱼的一只鳍，跟这个怪物肉搏，短刀乱刺鲨鱼的肚腹，但没有能刺到致命的地方，就是说，没有能刺中鱼的心脏。鲨鱼死命挣扎，疯狂的搅动海水，搅起的漩涡都要把我打翻了。"当然，在现实生活中，参与此项运动的法国人并不会去招惹凶猛的大鲨鱼，使用的装备比起船长的短刀也要先进的多。最常见的情况是他们手持一把"配有弓箭的长猎枪"，一旦发现大小合适的鱼类，即以迅雷不及掩耳之势对其要害部位射出"弓箭"，如果出手的时机把握得恰到好处，那么，晚餐的鱼便有了着落。"海中捕猎"与"陆地捕猎"比较起来，除了活动的场地以及使用的猎枪不同以外，猎人在追捕猎物时的画面感亦是截然不同的，在陆地上追捕猎物，即使你跑得再快，跑步的姿势再潇洒，也始终逃脱不了"在森林里跑步"的范畴，"海中猎人"则不同，他在捕猎的过程中，自始至终都悬空在海水里，伸展着身体并且手持长猎枪，其仙风道骨的程度毫不逊色于霍比特人的精灵王子。对于法国人来说，游泳因而成了迫切需要掌握的一项技能，否则，又如何在海边度过一个有趣的假期呢？据《费加罗报》（Figaro）报道，法国的私人泳池数量在欧洲排名榜首，在世界范围内也仅次于美国，排名第二。这件事情符合逻辑，因为有了私人泳池，法国人就可以更好地练习游泳，这可是为了去海边度假而做的准备，更重要的是，在那些没有假期的日子里，法国人亦能纵身跃入泳池，为自己精心营造出一番仿佛在度假之中的氛围。

除了去海边度假，野外露营是人数仅次于此的一项夏季活动。参与这项活动的法国人一般都驾驶自家的房车出行，有时，年纪较轻的朋友也会选择使用搭帐篷的方式来安营扎寨。法国周边国家的欧洲人在这个季节里，常常慕名而来，为的是领略法国优美的自然风光，彼得·梅尔在普罗旺斯当地的朋友——马索就为了驱赶他的宿敌——德国露营者而设下恐怖的捕兽器,这足以说明外国露营者人数之多。在全法境内,遍布着大大小小的露营地,而且这些地方都配备成熟又便捷的设施供露营者使用,比如,有干净便捷的公共浴室,有购物的杂货店,营地的经营者也会定时把露营者组织起来"联欢"。参加露营的人则需支付一笔占地费和管理费,费用大都并不高,所以总体而论,露营在法国是比较经济实惠的出行方式。在中国,野外露营并不常见,一些专家分析说主要有两大原因造成它的门庭稀落,一是动辄上百万的房车太贵了,远远超出了普通中国人的消费水平,二是没有组织优良的露营场地,配套设施跟不上。这种解释确实有一定的道理,然而,在我看来,即使中国的房车价格大跌并且成熟的场地一应俱全,此项活动也未必就能吸引到大量的参与者,特别是女性。因为要知道,露营能够在法国蓬勃发展的另一大关键原因,还要归功于蚊子在法国的销声匿迹,可想而知,这对于保证露营者高品质的度假简直至关重要,而目前在中国,夏日里蚊子的数量与日俱增,届时,在野外露营者必将大受其害,故中国的蚊子不灭,露营则不火。令人担忧的是,近年来在法国已经有了好几次蚊子的大爆发,许多露营者便深受其扰,如果任由事态继续发展下去,想必法国露营者的人数也会呈逐年下降之势。另外,参加露营的法国人在几周的度假时间中,当然不会仅仅安于待在营地里休息,他们中的大多数人都会选择去周围的森林或者山地徒步。这些人一般很好被辨认出来,他们最典型的特点是通常手握一根徒步杖,据说,徒步杖可以帮助你保持身体平衡。提供给你脚助力,在情急时,它亦可起到打狗棒或者打草惊蛇的作用,徒步手杖的功能如此强大,以至于任何不携带它的远行只能被称作为"走路"。其实,徒步杖的出现恰好迎合了法国人的消费习惯,一般情况下,法国人在参与任何一项运动之前,不论其水平高低,他都会用最高级的体育装备把自己全副武装起来,无论如何,这至少让自己看起来相当专业。所以,我甚至严重怀疑,假使没有徒步杖的存在把此项运动与"走路"区分开来,那么,是否还会有那么多的法国人对徒步那么痴迷呢?不可否认的是,徒步确实没有我们想象中的那样简单,有时由于对野外环境的不熟悉，稍有不慎就会迷路甚至是受伤，法国新闻经常有类似的报道：为了营救被困的徒步者，消防员和直升飞机救援队双双出动，在不间断的努力搜救下，终于从某个偏僻的山谷中成功救出了徒步者。所以你看，想要让徒步运动蓬勃发展，就必须有一套成熟的救援系统，法国人所建立的徒步运动规范标准以及优秀的救援队伍，正是其得以安心出发去远行的重要保障。

大家不难发现，不管是选择去海边，还是去野外露营作为夏季度假的方式，这两个活动都有着一个共同的特点：但凡参与活动的男女老少都会暴露在阳光的强烈照射下而被晒黑。在法国人的文化中，古铜色的皮肤受人追捧，这一点与亚洲女性特别是中国女士不同，在我们的审美观里，是以白为美，所以，中国女士来到海边的时候大多打着遮阳伞，并涂抹着一层厚重的防晒霜。当然，法国女人也涂防晒霜，只不过她们使用的是可以增强晒黑效果的那一种罢了。在我看来，这不单单是双方审美观的不同，对于法国人，古铜色的皮肤还有着另一层更为重要的含义："晒黑"与"度假"显然有着紧密的关联，出去度假了才有机会被晒黑，而能否出去度假则代表了家庭的经济实力，以至于社会地位，在假期后晒得越黑，就说明这个家庭出门度假的时间越长，经济实力则越雄厚。这一点法国人虽然不明说，但每个人心里都暗自较着劲，所以当你在每年七八月之后见到法国朋友的时候，切勿自以为是地夸她白，这等于变相地在骂她穷，你要一个劲儿地夸她黑，越黑，她就越得意。每年就有一些没有足够钱出去度假的法国人，他们为了不让邻居们知道，偷偷地藏在家里，做出一副出去度假的假象，然后找一个没熟人的地方把自己晒黑，十天半个月之后再重新出现，并且编出一堆关于假期的谎言，他们这么做的原因就是爱面子。事实上，现如今的法国人完全没有把度假当做是奢侈品，正如本文开头所解释的，5 个星期的带薪假期是他们经过长时间的斗争争取而来的，它与享受社会保障、医疗保险属于同一个性质，都是最基本的权利，所以那些获得了带薪长假，却没有能力出去度假的人与失业者、无家可归者、没有社会保障的人都被法国社会称为"被排除者"（les exclus），在法国人的概念里，他们是社会体制不完善的受害人，是值得同情并且关注的一个弱势群体。因而,在每年七八月份,法国人举家出行的日子里,假期被排除者的"命运"就成了媒体在报道度假盛事中一个永恒的话题。这类被排除者由两类人组成,一种是由于职业的原因没法出门度假,最典型的就是农场主,他们不得不留下来照料农场里的牲畜,这种连续性的活计让他们抽不了身,这些人常常连续几年都没能度过假了,他们只好向身边的朋友或亲戚求助,帮他们代为照料农场,才能偶尔享受一下难得的假期。在法国有一类人群,他们放弃了原本在城市的工作,来到乡间经营农场,外人都觉得每天能与大自然打交道是一桩惬意的幸事,但与此同时,要知道,他们在做出这个选择的同时也放弃了一些珍贵的东西,其中就包括了法国人所引以为傲的假期,能做出这样的决定,他们对于土地的热爱可想而知。另一种被排除者则纯粹就是没有足够的经济实力,这个人群的数量随着法国近几年低迷的经济状况、持续上升的失业率而显著增多,为了帮助这些丧失了"度假权利"的法国人也能享受度的乐趣,法国政府以及一些社会团体都出谋划策找寻解决的方案。每年七月底到八月底,巴黎市政府组织的"巴黎沙滩节"(Paris-Plage)便是为了这个初衷而建立起来的,整个计划要向塞纳河右岸运去 2000 多吨的细沙,需要两百多万欧元的经费,而结果是市民不出巴黎便可感受到度假的气氛。在假期被排除者里,小孩子们的度假情况尤受关注,后来有人想出了一个办法,让一些不同地区的家庭在夏季的时候交换孩子来照料,这样一来,不但可以让孩子在对方的家庭和地区度过一个不一样的假期,而且产生的费用也微乎其微,这个活动现在同样吸引到一批富人阶级的家庭参与其中。当然,对于度假这件事,并非只有假期被排除者才会有烦恼,有计划出行的家庭同样有所担心。每年七八月都是法国入室盗窃犯罪的高峰期,小偷们通过对房子的观察来确认主人是否出门度假了,从而伺机下手,通常一个被塞满了信件的信箱就是家里没人的一个可靠信号,于是,为了抵抗日益猖獗的小偷,居住在同一个区域的居民每年夏天都组织起联盟,那些还未出门度假的人为邻居代收信件,并且按时去他们的房子巡查,等到这家人回来了,他们也为邻居执行相同的事情,如果碰巧这个区域的居民都在一个时间段内出行度假,那么也可以向当地的警察提出巡视的申请,警察便会为他们效劳看管房子。所以你看,度假同样是增加邻里之间友谊的一桩美事。

我们所庆幸的事情是自己的婚礼并非在七八月举行,否则,为了迎合我们的客人,婚礼恐怕就要被迫在蔚蓝海岸或者是某个荒山野岭的营地中举行了。

大海情结

　　至今还清楚地记得第一次观看法国电影纪录片《海洋》(Océans)时的震撼,导演雅克·贝汉(Jacques Perrin)在影片中向我们呈现了一幅又一幅令人心旷神怡、叹为观止的蓝色世界画面,巨大的水母群、大白鲨毫不吝啬地在镜头前展示他们旺盛的生命力,这些真实的海洋动物冒险比动画片里的故事更加精彩夺目,在影片的最后,导演还对保护海洋环境发起了深刻的思考。绝大多数被此片所折服的观众都认为,法国人能够拍出这部让人拍案叫绝的纪录片的关键是因为影片浩大的投资,你看了以下这些"豪华"的数据之后必定亦会被此说服:整个纪录片耗时五年,耗资 5000 万欧元,动用 12 个摄制组、70 艘船,在全球 50 个拍摄地,有超过 100 个物种被拍摄,超过 500 小时的海底世界及海洋相关素材。无可否认,《海洋》是史上投资最大的纪录片,豪华的制作团队使这部影片所呈现的画面效果令人震撼,但是,假使此片的境界仅止于此,那它最多只能算作是一部升级版的"动物世界"罢了,也就谈不上是什么里程碑式的纪录片了。实际上,细心的观众可以发现,这部影片与普通的"动物世界"大相径庭,它并未运用后者所固有的旁白去一一介绍海洋生物的学名、生活习性等信息,只是静静地使用镜头记录着这些生命,导演似乎想告诉观众,海洋生物在地球上的存在与我们人类是平等的,任何语言上的解说都会让人觉得这是一节图文并茂的"动物解剖课程",而这正是法国人雅克·贝汉对于海洋与生命的敬畏。整部影片只有几句少得可怜的旁白,其中一句是在纪录片的开头,第一次见到海的小男孩问:"海洋是什么?"相信这个简单的问题一定感动了无数的法国人,这个场景或许也曾经在他们小时候与父亲一起看海时发生过,又或者让他们想起了童年时那个有关海洋的梦想。

法国是三面临海的国家,被英吉利海峡、北海、大西洋和地中海多面环抱着,于是,漫长的海岸线孕育了悠久的滨海文明。事实上,对于居住在沿海地区的法国人而言,海洋的意义不仅局限于海滩边的度假,这里是他们成长的地方,是他们的家园,无数的传统与梦想令其魂牵梦萦。在英吉利海峡转角处的布列塔尼地区,白底蓝色条纹衫向来都是当地法国人最喜爱的服饰,它的风靡可不单单是因为审美的偏好,更加重要的是,白底蓝色条纹是终年在海中漂泊的水手所特有的标志,它寄托了布列塔尼人世世代代的一个梦想:一个深深融入血液的航海水手梦。在法国,"驰骋于大海之上的水手"一定可以名列法国人最向往的十大职业之一,有一首名叫《阿姆斯特丹港口》(Dans le port d'Amsterdam)的歌曲在法国家喻户晓,它讲述的便是阿姆斯特丹港口的水手们纸醉金迷的生活。歌曲朗朗上口,歌词虽然低俗,但却传神地描述了水手放荡不羁的生活状态,它的原唱雅克·布雷尔(Jacques Brel)说他自己并不喜欢这首歌。就是因为觉得歌词写得有些过分,所以他一生中只在公共场所唱过这首歌两次,并且没有在录音棚录下正式的版本,但是,这并不影响其在崇尚水手生活的法国人中迅速走红,2008年,《阿姆斯特丹港口》的手稿以10.8万欧元的高价被拍卖。

水手梦在布列塔尼根深蒂固,大大小小的帆船俱乐部遍布于此,吸引着全法乃至全世界的航海爱好者前来交流学习。怀着航海梦的志同道合者在这里不仅学习到了驾驶帆船的技术,与此同时,他们24小时生活在俱乐部里,模仿着水手在海船上的生活,他们轮流为俱乐部的成员烹饪三餐,清洁房间卫生,按照他们的话讲,"这些习惯是水手最基本的素养,以后出了海都用得上。"对于水手生活的向往渗透在布列塔尼人的血液之中,如果你有幸去到布列塔尼游玩,你会发现,当地旅馆的房间墙上竟也都张贴着白底蓝色条纹的墙纸,毫不夸张地说:在布列塔尼,"所有的房间都是船舱"。当地著名的航海城市——圣马洛(Saint Malo)是一项被称为"朗姆之路"(La Route du Rhum)的著名单人航海比赛的起点,参赛的选手从这里出发,要独自横跨7千多公里的大西洋,驾驶帆船航行到法国海外领地——瓜德鲁普岛(Guadeloupe),历时从一周到一个月不等。"朗姆之路"是历史上法国人跨洋从瓜德鲁普岛运送朗姆酒的海上通道,这项富有浪漫历史意义的赛事异常艰辛,赛事延续古老的航海原则,帆船上没有发动机,船手完全手动控帆,靠风力推着赛船航行,所以赛手不能困了就睡,饿了就吃,还需随时应对变化的天气,处理各种险境。正是由于赛事极具难度并且富有冒险性,一批怀着航海梦想的优秀水手都想在"朗姆之路"中一试身手,争夺"最顶尖水手"的称号,其中不乏著名的航海家。2014年,此项赛事的冠军——法国人佩顿(Loick Peyron),他在夺冠之前已经有过2次环球航行,37次横跨大西洋的壮举,这足以证明"朗姆之路"参赛者们的水准。当然,并不是只有顶级的航海高手才会前来参加比赛,"朗姆之路"同样吸引着法国各行各业的有志之士,43岁的法国奥运会跳高冠军让·高乐费恩(Jean Galfione)也参加了2014年的比赛,这位从2005年开始改行练习驾驶帆船的跳高冠军对记者说:"我出生在一个布列塔尼的家庭,我是在海洋的孕育中长大的。"所以,法国人的内心里具有厚重的海洋情结,这对于理解法国人的一些行事作风至关重要。来过法国的中国人大都注意到,在法国,豪车的数量相比其他国家明显少得多,除却法国的停车位都较狭小之外,还有一个重要的原因是,许多法国人一旦有了闲钱便跑去购置游艇了,你看看马赛、尼斯这些海滨城市的港口上停着的密密麻麻的小游艇,这些船大都是那些有着海洋情结的内陆法国人买来以作度假之用。我就有一个法国朋友,平日里开着又破又小的雷诺克力奥(Renault Clio)上下班,却在土伦(Toulon)拥有一艘价值昂贵的小游艇。汽车对于法国人来讲就如同每天吃的饭菜一样乃生活之必需品,在现在的中国城市里,还会有人去攀比谁家吃的食物更丰富些吗?我们只会去想怎么样吃得更健康,就像法国人在思考什么样的车更环保,是同样的道理。法国人并不是不爱攀比,只是他们在暗自较劲的东西你根本不了解,就比如他们所钟爱的游艇。

法国人是如此深爱给了他们无限快乐与梦想的海洋,任何对它的伤害都是无法容忍的。因此,为了让自己的后代能够更好地享受海洋所带来的乐趣,整个法国成立了无数用实际行动保护海洋的组织机构。对一些家庭来说,保护海洋更是他们世世代代的一种传承,是家族的使命,法国的库斯托(Cousteau)家族便是其中最著名的典范。这个从事保护海洋工作的家族里,其第一代人雅克・伊夫・库斯托(Jacques-Yves Cousteau)在法国是"教父"级别的海洋探险家,更准确地说,他是一个记录者。在26岁之前,雅克一直在海军服役,生活平淡无奇,就在那一年,发生了改变他一生的事情,他第一次戴上了潜水面罩潜入海水中,而海底世界的新奇让他一见钟情。那时人类对火星和月球的了解都比对深海海底多,雅克因此立志要开创海洋摄影的历史,在探索海洋的同时让更多人能跟着他看见壮观的海底世界,为了实现这个梦想,他首先做的一件伟大的事情就是,与人合作发明了大名鼎鼎的水肺,这项发明令潜水员能够长时间地探索深邃的海洋。之后他组建了自己的海洋探索团队,用自制的水下摄影机开始对所探索的海洋进行拍摄,他的第一部深海题材的纪录片《静谧的世界》便在戛纳电影节获得金棕榈奖,从此一发不可收,一生留下了100多部纪录片,50多本书。更难能可贵的是,从1976年开始,雅克的纪录片开始关注环境变化带来的海洋生态问题,并且建立了以保护海洋为宗旨的库斯托协会,这个协会到1997年时已经有超过30万的会员。从此,海洋保护成了这个家族的使命,他的儿子让-米歇尔・库斯托(Jean-Michel Cousteau)在他去世后,建立了海洋未来保护协会,美国总统布什就是受到让-米歇尔的影响,才最终批准建立了西北夏威夷国家海洋保护区。现在,这个接力棒已经交到了第三代的手里,让-米歇尔的儿子法比安・库斯托(Fabien Cousteau)致力于保护鲨鱼,在他的策划下,拍摄了纪录片《鲨鱼末日》。库斯托家族是法国社会保护海洋生态的一个缩影,还有千千万万的法国人正在为了自己所热爱的海洋而日夜奋战,现在,这些海洋卫士不止在关注海洋的生态问题,他们中的一部分人同样在保护着海岸线上的文化遗产。菲利普・里奥雷(Philippe Lioret)导演的《电影守望者》(L'équipier)讲述了一个从阿尔及利亚战场退伍的法国男人背负着战争带来的创痛,背井离乡,来到布列塔尼成为一名灯塔守护人,并与他的朋友同为守护人的妻子发生婚外情的故事。在这部影片中,令人印象最深刻的无非就是贯穿整部影片的灯塔了,这些灯塔的镜头恰如其分地配合了主人公当时的内心活动,特别是快要接近片尾时,灯塔被狂风怒作的大海拍打的场景与达到高潮的电影情节一样震撼人心。导演菲利普说这部影片是为了向那些默默无闻的平民英雄——灯塔守护人——致敬,他们为来往的海船指明了方向,自己却时常处于极度危险的状态之下。法国最后的两名灯塔守护人于 2012 年退休了,在 35 年的职业生涯中,他们经历了风风雨雨,其中 1999 年的暴风雨直接冲进了他们在灯塔里的房间。现如今,这个职业虽然在法国消失了,但是灯塔作为文化遗产被保护了下来,据统计,在法国,目前还存有 220 座灯塔,其中的 95 座被列为历史建筑,它们大都位于法国的布列塔尼和诺曼底。现在,这些灯塔由法国沿海地带保护署(Conservatoire du Littoral)负责修缮和维护,它们中的一些承担起了全新的职能,有些成了徒步者的避难所,有些则被改造成了酒店,在诺曼底,灯塔甚至成了复古时尚的新贵。能拥有一座灯塔以作度假之用成了许多人的梦想,那些幸运儿在成功买入灯塔之后,花了大量的时间亲自去修缮它,这逐渐成为了他们闲暇时的一种乐趣,并成全了这些法国人的海洋梦。

虽然法国向来是一个航海家辈出的国度,但法国海军在历史上却并未有太出众的表现。17 世纪的"法国海军之父"——黎塞留(Richelieu)为法国缔造了一支"太阳舰队",一度使法国挤进世界海上强国,但比起英国、西班牙、荷兰这些老牌劲旅,法国海军还是逊色一筹。法国海上正规军表现平平,反倒是一支连正规军都算不上的志愿军在历史长河中留下了浓墨重彩的一笔。其实严格地讲,这艘 1777 年漂荡在大西洋上的船只就连"军船"都算不上,它充其量顶多是一艘载人横渡大西洋的"摆渡船"罢了。这艘船就是贵族拉法耶特(La Fayette)率领法国志愿者到北美去参加当时还尚属英国殖民地的美国革命的胜利号(Victoire)。想必中国的女士对此会莫名激动一番,这个拉法耶特让她们联想起了与之同名的巴黎"老佛爷百货"。实际上，这两者之间还确实有一点关联，1894年，刚刚开业的巴黎"老佛爷百货"就恰好坐落在拉法耶特路上，百货公司则以这条路名来命名，而这条路就是为了纪念我们要说的这位拉法耶特。顺便说一下，上海著名的复兴中路，在1943年以前这条当时在法租界内的马路名为辣斐德路，同样是法国人用来纪念拉法耶特的。1757年，拉法耶特出生在法国的一个贵族家庭里，两岁的时候就继承了父亲侯爵的称号，本来他完全可以安安心心地当他的贵族，但就在他19岁的时候，美国革命开始了。革命的激情彻底激荡着这位年轻贵族的心，当时法国政府还没有公开支持北美革命，要参加革命，拉法耶特只好自己掏钱买下一条船，就是那艘胜利号，并最终在1777年4月20日，抛下了怀孕的妻子，带领着志愿者扬帆出航了。他们在海上整整漂荡了56天，终于抵达了查尔斯顿附近的一个小镇。拉法耶特也凭借着为理想而献身的激情感动了美国人，他被任命为华盛顿将军的助手，出入战场。1779年初拉法耶特回到了法国，劝说路易十六给予美国革命更多的援助。他成功了，法国决定增援美国，拉法耶特带着这个好消息乘坐赫敏号（Hermione）海船第二次来到了美国，亲自参加了著名的约克镇战役，见证了美国独立战争的胜利，出席了英军的投降仪式。独立战争结束后，他带着美国革命的经验再一次回到了法国，他与路易十六谈论法国的改革，并且建议召开国民大会解决国家面临的问题，而正是这条建议直接导致了法国人所引以为傲的大革命（Révolution française）。所以，拉法耶特在美国是一个了不得的英雄，是跨越了两个革命的传奇人物，他的壮举也成了法国航海史上的一个美谈。

　　略微通晓历史的朋友都知道，除了拉法耶特侯爵气壮山河的故事，在法国北部的英吉利海峡，几十年前同样有过一场惊心动魄的壮举。只不过，这一次"英雄救美"变成了"美救英雄"，因为这是一场由"美"国人所主导，为了解放法国所发起的战役，它便是著名的诺曼底登陆。这场发生在1944年二战末期的战役，是迄今为止人类历史上规模最大的一次海上登陆作战，近三百万盟军士兵横渡英吉利海峡后在法国诺曼底地区登陆，其中主要是美国、英国和加拿大的士兵，当然也有法国士兵参与登陆,但人数十分有限,纯属"玩票"性质而已。此次战役异常激烈,交战双方伤亡惨重,是战争史上所曾出现过最大的屠宰场之一,其中伤亡最多的无疑是美国人,有29000人阵亡,101600人受伤或失踪。在战后,为了纪念这些为了法国而牺牲的美国士兵,法国政府在当年登陆的诺曼底奥马哈海滩(Omaha Beach)建造了一个壮观的美军墓地,并且把这块地方交给了美国政府,所以,在法国的境内这一片土地是属于美国人的领土。法国人虽然非常感激为了他们而牺牲的美国人,每年在诺曼底也会有盛大的悼念活动,但是,法国人对二战中的美国人总有些说不清、道不明的暧昧情感,总让人觉得酸溜溜的。二战是法国人心中的痛,更是一个挥不去、抹不掉的耻辱,当时人数最多、配备最精良的法国军队被德国人不费吹灰之力就轻而易举地消灭了,法国人的一战英雄菲利普·贝当(Henri Philippe Pétain)还叛了国,向德军投降,组建了维希伪政权。整个法国当时只剩下了戴高乐将军所领导的法国抵抗运动还继续在与德军周旋,而时任美国总统的罗斯福却偏偏对法国人这最后的精神支柱冷嘲热讽、态度消极和极度不信任。这段历史在二战纪实小说《巴黎烧了吗》(Is Paris Burning)中也有过生动的描写。更加可恨的是,美国人在二战还未结束时,还试图向法国强加"盟国占领区军政府"(AMGOT)重建计划,这个计划意图让美国人控制法国的金融、运输及战争赔款,所幸,最后被戴高乐断然拒绝了。似乎法国人和美国人从那时起就结下了梁子,之后几十年,法国人总是和美国人对着干。1966年法国退出了北约军事组织,并把北约设在巴黎的总部赶出了法国;农民领袖若泽·博韦(José Bové)还领导了多场反美、反全球化的游行;就连在最近欧盟和美国之间自由贸易协定的谈判中,法国人也是最大的障碍,他们坚信美国好莱坞的那些"烂片"会毁了法国的文化,因而力求要将电影和数字媒体领域排除在自由贸易谈判的内容之外。可是,这些藐视美国的法国人在美国人面前总觉得底气不足,因为要不是1944年那场以美国为主导的诺曼底登陆,法国说不定现在还对德国卑躬屈膝呢。不知是否为了走出这个"低人一等"的阴影,日前,法国人花了17年的时间,复制了当年拉法耶特驰援美国独立战争时所乘坐的赫敏号(Hermione),2015年初从法国西部的埃克斯岛起锚，再次踏上了相同的旅程，最终抵达了波士顿和纽约。这似乎是法国人在回应美国人："你拽什么，要不是我们，你们现在还在做英国人呢。"

天气

　　就在我们即将举行婚礼的前两天,诡异的气氛笼罩着办公室,我的朋友玛蒂娜和哈谢乐总是在私下里窃窃私语,似乎在讨论着某些"机要大事"。我暗中观察他们的表情,只见玛蒂娜时不时地用手紧捂嘴巴并同时瞪大眼睛,哈谢乐则左右摇摆着脑袋,嘟起嘴巴做出一副无奈的表情。法国人的这些肢体语言都表示:有不幸的事情发生了,比如邻居家的小狗昨晚在院子里发现了一只松鼠,于是发生了"狗鼠大战花园"的惨烈战役,又或是家里来的某位客人因为贪吃享誉世界的法国奶酪而导致急性肠胃炎等等的尴尬事。到了早上十点,我们三五成群聚集在玛蒂娜的办公室里,活动的内容自然是喝咖啡,在法国的职场中,这是获取办公室小道消息最有效的途径之一。今天大家却一反常态,显得有些沉默,各自低头专心地喝着咖啡,仿佛都有一些难言之隐。"有件事,我想告诉你",玛蒂娜第一个打破了僵局,并且把目光转向我,一脸严肃地对我说,"不要说!"哈谢乐在一旁想要堵住玛蒂娜的嘴。我这才如梦初醒,原来,我便是他们口中的那个倒霉鬼。"他有权知道",玛蒂娜郑重其事地看着我并向我宣布:"这个周六,就在你举行婚礼的那天,将会有场大暴雨。"办公室的空气凝固了,安静得可以听见咖啡壶加热的声音,所有人都随时准备为我拨打急救电话。"没关系,我们法国人的天气预报向来不准确,说不定到了明天,天气预报就改成晴天了呢!"哈谢乐竭尽全力地安慰我。

　　凭心而论,不管在哪个国家,天气都是人们日常生活需要关心的事情,然而问题在于,我从未见过有人会在讨论天气状况时表现得如此慷慨激昂,除了法国人,每当说起天气,他们仿佛就像是在讨论一桩生死攸关的大事。但事实上,法国人会用现实情况有力地回答你,这确实关乎他们的"生死":你看,法国作为农业大国,天气的好坏直接影响了农民的收成吧? 与此同时,天气又关乎法国人能否愉快地度过一个悠然的假期,这两个例子足以证明天气的至关重要。 所以,法国人对于预测天气这档子事儿的热衷,完全不亚于赌徒对开奖号码的猜测,据巴黎竞赛画报(Paris Match)报道,天气预报节目的收视率在法国位居榜首,每晚都有 900 万到 1100 万电视观众收看法国电视一台(TF1)播出的天气预报,这为电视台带来了巨大的商机,不但赚取了丰厚的广告收入,而且也吸引到越来越多的企业来赞助这项伟大的事业。这同样让那些法国天气预报员的身价大增,在其他国家,天气预报员从未如此深受礼遇,法国电视一台的天气预报员时常被新闻主播邀请到直播平台之上,对近来的天气状况发表评论,并在国庆节此类的大型活动上客串外景主持。这些人还尚且算是天气预报员中的收敛者,较之大胆出位者比比皆是。法国著名的付费电视频道——"Canal Plus"有一档叫做"大新闻"(Le Grand Journal)的节目,此中的天气预报员则要高调许多,她们清一色全是漂亮性感的美女,着装大胆前卫,播报天气的风格也是古灵精怪,并且在播报的过程中,还经常挖苦讽刺被"大新闻"邀请而来的名人嘉宾,其中不乏一些政治大腕。2013 年,在世界杯附加赛首回合法国队 0 比 2 不敌乌克兰队之后,"大新闻"的当家天气女主播——多利亚·提利尔(Doria Tillier)便放出狠话,声称只要法国国家足球队打入世界杯,她就在自己主持的天气预报节目中全裸出境。没想到这招果然起了神效,在那场决定成败的比赛中,法国球员们个个骁勇善战,结果以 3 比 0 逆转乌克兰,挺进世界杯。而在赛前给球员们进补了"伟哥"的提利尔也是说话算数,在当天播出的天气预报节目中,她果真脱光衣服,不过,她要求摄像机在远处拍摄,自己则在田野间一边奔跑,一边播节目。

众所周知,法国的空气状况优良,一直是我们中国人羡慕的对象,但是,作为国际大都市的巴黎仍旧逃离不了雾霾的困扰。2014 年 3 月,巴黎陷入了一片严重的雾霾中,细颗粒物和可吸入颗粒物指数连续多日严重超标,就连著名的埃菲尔铁塔也变得若隐若现。法国政府和民众因此大惊失色,连续推出了一系列的应对措施。罪魁祸首之一的汽车被责令要放慢速度行驶,以此减少刹车的次数,市区快速路限速由每小时90公里降到了70公里,同时,公共交通工具免费提供给民众使用三天。但是,形势却一直未见好转。法国政府见状,一不做二不休,干脆对汽车实行限号出行,周一被允许上街的将是车牌尾数为单号的汽车,周二则是双数,以此类推。其中有一类汽车不受此条规定的限制,它就是那些载有超过三名乘客的车辆,所以,当时在巴黎出现了一幕有趣的现象,那些大街小巷的警察们在监督执法的过程中,常常把汽车拦下来,然后认真地在那里"一二三"清点人数,此情此景就好像是在追捕十恶不赦的逃犯。然而,这样一来倒产生了另一个意想不到的好处,这让巴黎的邻里关系在一夜之间就变得熟络了起来,邻居们都商量着第二天一起搭车去上班以便可以凑齐"三人行",一番其乐融融的景象反倒像是在过节,让人记忆深刻。

可惜的是,在所有措施都被落实了之后,治霾还是未见显著的成效,这下法国人真的急了,正所谓兔子急了还咬人呢,更何况法国人天生就喜欢吐槽。于是,他们开始埋怨起自己的邻居——德国人,称罪魁祸首其实是德国放弃核能重开火电厂的政策,而在前一周,法国正好刮东北风,因此德国排放的工业废气输送到了法国,最终才形成了雾霾。所幸,很快就有人出来辟谣,事实上,巴黎近一周以来几乎都没有风,直到上个周六才起了微风,而且刮的是西北风,雾霾从德国飘来的说法根本子虚乌有,此事才就这样不了了之。我倒建议法国政府,无论此条传言是真还是假,政府完全可以借此理由在法德边境再建一条"马其诺防线"(Ligne Maginot),只不过,谁也无法保证德国的废气是否会像他们的士兵那样,绕道从比利时悄悄地进入法国的上空。此话虽为调侃,但这确实就是典型的法国人作风,他们从不愿意承认自己的失败,在二战后,戴高乐将军就一手捏造了法国人英勇抵抗德国人的神话,实际上,他所领导的抵抗运动是法国投降后唯一存留的反纳粹武装,1942年初参加这个组织的人数还不到一万人,而法国人偏偏就是死不承认自己二战时的无所作为。不仅在战场上如此,在竞技体育的赛场上,法国人也秉持着相同的作风。2014年足球世界杯,法国队在四分之一决赛中以0比1不敌德国队,令我意外的是,面对失利,法国人在赛后并没有总结自己的不足,而是滔滔不绝地吹捧起德国队的门将在这场比赛中英勇的表现,电视台反复播放着德国门将左扑右挡的集锦画面,法国人仿佛在宣示,"德国人,算你走运,有个超人门将"。在半决赛,德国队以7比1的比分横扫了巴西队,这下法国人举国同庆了,你看,我才输了德国人一个球而已,法国人兴奋的程度就好像他们得了冠军似的。法国人"不认输"的性格,与"不服输"不同,后者是男子气概,前者就多少有些孬了。

除了雾霾,在法国其他为数不多的灾害性气候里,法国南部地中海沿岸城市9月、10月的暴雨所引发的几次大水让人印象深刻。所幸,这种极具破坏性的暴雨并非每年都会发生,而且,在它爆发之前,往往都有迹可循。每年8月底,法国的夏季假期就算正式结束了,一般在这个时候,地中海沿岸城市的气温开始慢慢回落,雨天的数量也明显增加,但有几年却一反常态,9月的地中海还每日艳阳高照,气温也维持在28度以上,就好像夏季还未曾离开似的。这时,举国上下普天同庆,法国媒体每天都兴奋地报道着那些赤身裸体躺在海滩上,享受着"偷来的时光"的末代度假者们,他们中的一些人是在7、8月由于种种原因错过了度假的可怜虫,然而,此时他们却一律得意洋洋,以未卜先知者的姿态向众人宣布,"我早就料到了今年的好天气会持续至今"。还有一部分人则是假期依赖症的严重"患者",对于阳光和海滩,他们没有任何抵抗力,可悲的是,进入9月份后,他们周一到周五必须准时在办公室出现,所以一到周末,他们就按捺不住内心的一腔热血,举家再次赶往那片他们钟爱的海滩。然而,激情是要付出代价的,到了9月的下半旬,风云突变,原本喧闹欢腾的地中海沿岸城市一夜之间迎来了一场又一场来势汹汹的狂风暴雨,城市的街道在猛烈的攻击下很快就败下阵来,成了一片水泽之乡。那些前一天还在享受日光浴的度假者则提前收到消息,早早离了场,剩下的可怜蛋是那些退无可退的当地居民们,可他们也回天乏术,只好眼睁睁地看着家里的房子被水浸透。以地中海城市蒙皮利埃 (Montpellier)在 2014 年 9 月 20 日凌晨的那场暴雨为例,经济损失达到 1.6 亿欧元之多。更加可怜的事情在于,这些居民好不容易在暴雨过后把水漫金山的房子收拾干净,紧接着在 9 月 28 日却又迎来了第二场大暴雨,这次蒙皮利埃的损失突破了 2 亿欧元,面对着再次遭殃的房子,当地居民真是欲哭无泪。还有很多比蒙皮利埃规模小的城镇也经历着同样的遭遇,有些居民在接连几年的打击之下,再也没勇气在当地居住下去了,他们纷纷选择出售这些在南法沿海的屋子,搬到法国其他地方生活,个别的小镇甚至几乎搬成了空城。所以,提醒一下各位,假使有房屋中介向你兜售这些区域的房子,你切勿被这里 7、8 月的良辰美景所迷惑,详细了解一下它们是否有被大水淹的风险再做决定。后来,法国电视一台的天气预报员出来解释了,他说就是因为 9 月份反常的大热天把地中海的海水都蒸发了出来,并且持续积聚,最后如泄洪般在瞬时酿成了一出出的惨剧。但是,令我无法理解的事情是,这出惨剧接连好几年都以同样的脚本上演着,等到来年 9 月又是反常好天气的时候,法国媒体依旧乐此不疲地报道喜庆的度假神话,对即将到来的危险闭口不提。灾难过后,天气预报员则又出来重新解释一遍他的高深理论,仿佛这一切事情都是第一次发生,这完全不符合逻辑。后来我总算想明白了,既然那些"200 亿"的损失不可避免,那总要找接盘侠吧,所以,还是不要扫了"那些来度假消费的顾客"的兴为妙。

如果发大水还只是地中海的法国人所要担心的事情,那么,近些年越加频繁的高温酷暑天则从南到北,袭击着每一个法国人的生活。其中令人印象最深刻的恐怕就是 2003 年那场席卷整个欧洲的滚滚热浪了。据法国气象中心统计,在当年 8 月的头两周,全法有三分之二的地方气温超过 35 摄氏度,15% 的城市更是重灾区,温度达到了 40 度以上,其中位于地中海的加尔省(Gard)以 44.1 度的成绩在这轮热浪中拔得头筹。这场酷暑在法国造成了空前的灾难,据法国医疗健康研究中心 (INSERM)在当年 9 月 25 日发表的数据,在 8 月 1 日至 20 日之间,有 14802 位法国人因为这场热浪丧了命,死亡率比同期增加了 55%,其中大多都是缺乏照顾而困死在家中的老人。消息一出,中国媒体哗然了,指责法国人不关心老人的声音不绝于耳。但说句公道话,此类指责多少有些"只许官放火,不许百姓点灯"的意思,因为同样老龄化严重的上海,在1998年也遭遇过一次严重的高温热浪灾害,据上海市气象局气象中心统计,当年8月中旬,参照常态下的死亡基准线,在高温热浪期间的死亡率比非热浪期间增加了100%以上,所以你看,这个数字明显高过法国。然而,不可否认的是,2003年的法国肯定要比1998年的上海在环境、空气、医疗条件上高出不止一筹,事实上,之后在2003年,上海尽管再一次经历了长时间的高温天气,但随着城市绿化、居住环境等各方面条件的改善,这一次,整个高温热浪期间较常态的超额死亡率仅20%,因此这样一来,我们的情况又远远地反超了法国。

那么,现在的问题来了,法国的老人究竟受了什么委屈才会导致2003年的悲剧呢?这件事要从几个方面入手分析。首先,法国老人是不是在物质或者医疗上得不到保障?这一点是否定的,法国是一个高福利的国家,社会保障体系非常庞大,根据加拿大人的著作《六千万法国人不可能错》(Sixty Million Frenchmen Can't Be Wrong)中所给出的数据,这个体制占用了法国国内生产总值的约14%,其中养老金和医疗保健又分别占整个社会保障预算的44%和35%,法国人因此看病几乎不用花钱,很多老人在得了关节病之后,甚至可以去全法指定的温泉疗养,费用也由社保来承担。至于养老金,规则很复杂,依照所在行业的不同而有很大区别,理论上必须要工作满42.5年,同时年满65岁,才能拿到全额养老金。它的金额按照你在42.5年的职业生涯中,收入最高的20年的平均收入的一半来计算,收入虽有所下降,但也是绰绰有余了,即使老人从没有工作过,国家也会提供一个人650欧元的低保。另外,如果老人还拥有一间属于自己的房子,那么在法国还可以选择一种叫做"终身年金制房产买卖交易"(Vente en viager)的方式来给老人养老,具体的做法是:买主先支付一笔"头款"给房子的所有权人,其后每月支付一笔月付额,在此期间,所有权人继续住在出售的房屋里,直至他去世为止,买主才能收回房产。这是一种颇具投机性的交易,对买卖双方而言,更像是他们就卖主寿命长短进行的一场赌博。如果卖主去世得早,买方便可以低价取得房屋,反之,如果卖主长寿,买主就要支付比原计划多得多的月付款。在这项交易的历史上,就有一个大倒霉蛋儿——法兰索瓦·瑞弗(Franois Raffray)律师,他在 47 岁时以这种交易的方式,买下了时年 90 岁却无继嗣的雅娜·卡尔芒(Jeanne Louise Calment)女士的公寓,他同意支付她每个月的生活费直到其去世为止,交易时公寓的价格等于 10 年的生活费,一般来说,能活到 100 岁已经算是凤毛麟角,但偏偏让人意想不到的是,雅娜在这之后又活了 32 年! 是的,你没有算错,雅娜的最终年龄是 122 岁又 164 天,这是史上已知并且经过反复认证的人类最长寿命,这项纪录由这个法国女人所创造。而倒霉的瑞弗却在雅娜去世的两年前因癌症早一步离开了人世,由他的遗孀继续支付雅娜的生活费。所以,通过这些形形色色的养老保障机制,可以说,法国老人的基本物质生活得到了保障。

至于法国老人的精神生活,这个问题则需一分为二来谈,并以"老人是否还有充沛的精力"为分界线。法国人的兴趣爱好广泛,但大部分人在年轻时苦于工作繁忙,许多想做的事情却苦于没有时间去完成,这些人往往在退休前就把今后的计划排得满满当当,一旦达到了退休的要求,他们必定立即解甲归田,乐不可支地去实现之前制定的计划。出国旅游、驾驶着房车去露营、参加舞会、学习绘画,总之,活动的内容数不胜数。我的忘年交——贝蒂就是这样一位典型的法国老人。她已经 83 岁的高寿了,却仍旧神采奕奕、精力充沛,每周两次的水下体操锻炼使她保持着矫健的身手,四小时的英语课程则让她思维活跃,每年她还跟着旅行团出游两次,甚至还参与了"背包客"联盟,提供家中多余的房间来接待从世界各地前来旅行的年轻人。总之,贝蒂的日程每天都安排得满满当当。至于家庭生活,她的丈夫在 15 年前过世了,两人育有一个独生子,目前生活在法国另一个大区,他通常每年带着孩子们来看望贝蒂两至三次,但每次来之前必定提前很久与贝蒂"预约",因为她的活动实在是太丰富了。所以,在法国老人还未失去充沛的精力之前,一切都不是问题,他们的生活充满了乐趣。然而,等到这些"年轻的老人"有一天真的年迈了，手脚不好使了，眼神也昏花了，不能完全照顾自己的生活了，那么就会面临"是否要去养老院"的选择。这也是先前中国媒体责难法国人的原因之一，说法国人不愿意照顾老人，都往养老院里送。确实，比起我们，法国人与家中老人同住的情况较少见，至于此中缘由，我想这与法国女性的特点有关。通常，大多数的法国女人与自己的丈夫一样，年轻时在社会上打拼事业，很少有人会安于做家庭的主妇。而众所周知，在中国，照顾老人的重担皆需依靠家里的主妇，所以，法国老人就算居住在子女家，家中若是没有全职主妇的话，恐怕也很难获得悉心的照料。等到子女退休了，这下该有时间照顾老人了吧？但新问题又来了，子女也方才迈入"年轻老人"之列，与当年的父母亲一样，他们心中有着一箩筐的计划，他们的父母是过来人，自然能够理解这一点，老人更加不愿意成为妨碍子女享受人生的障碍，因此这才造成了法国敬老院的一派繁荣景象。所幸，即使是在养老院里，法国老人的生活也并不就是死气沉沉的，养老院会定期为老人组织音乐会、舞会，有一家养老院甚至别出心裁地开始了一项叫做"wii 之夜"的活动，让这里的老人们在保龄球、网球等互动式的电子游戏中一显身手，可以说，这些老人在养老院都得到了良好的照顾。事实上，在 2003 年那场高温中去世的法国老人里，大多都是没有继嗣的孤老，他们也不愿意去养老院，这才有了那场悲剧。在这之后，法国政府为了更好地照顾这些独自在家的"留守老人"，培训了几万人的护理大军，加强以这些人为对象的上门服务，这一措施显然得到了成效，在 2006 年，当热浪再一次袭击法国时，这一次的超额死亡率降到了 9%。

雨天换来的幸福

那天早晨,在我们踏出家门去美发店的那一刻,我就明白了哈谢乐的一片良苦用心,她所宣称的"天气预报向来不准确",现在看来,分明只是为了安慰我而已。实际上,天气预报一语中的,下雨天在我们举行婚礼的这一天如期而至,并且,真的是一场罕见的滂沱大雨,以至于我们任何想把发型保持完整的努力都变成徒劳,方才完成的发型在从美发店到停车场短短的时间内迅速地被大雨击败。糟糕的天气让我们郁郁寡欢,原本计划在室外进行的酒会看样子也不得不移入城堡的室内进行了。

皮埃尔来敲门时,已经是下午两点,我们在市政厅的婚礼仪式则被安排在一个小时之后。从皮埃尔见到我时的表情中可以看出,他显然注意到我被大雨搞砸了的发型,但并没有就此做出任何评价,若无其事地与我交谈。反观皮埃尔,他今天的装扮倒是很有范儿,一身皮衣,配上一顶皮质的贝雷帽,一副"老法国"的样子。要知道,他今天的角色可不仅仅是出席的宾客那样简单。先前,在他同意把老爷车借我作婚车之用以后,他还自告奋勇地要担当我们婚礼的司机,按他的话说,"我的这位老伙计可不好对付,就算是我,驾驭起来也一点都不敢掉以轻心。"

大雨丝毫没有要停掉的意思,于是,我们决定不再耽搁,由皮埃尔的老爷车打头阵,其他朋友的车则紧跟其后,就这样风雨飘摇地朝着奥利韦的市政厅出发了。雨滴密集地砸在老爷车的挡风玻璃上,破旧的雨刮器来来回回地咯吱着,我们一度担心,这将会是此辆老爷车职业生涯的最后一次出行。所幸的是,皮埃尔果然对他的老伙计了如指掌,在他的掌控下,老爷车平稳地行驶着。等我们到达时,已经有宾客撑着伞在市政厅的门口等候,他们三三两两地围在一起谈笑风生。看样子,这场大雨并没有搞坏大家的心情。皮埃尔才把车停稳,人群中就有人大喊"新郎新娘到了!"立刻,所有人的目光齐刷刷地投向我们,玛蒂娜和哈谢乐更是争先恐后地围了过来,"哇,婚纱真漂亮!"在见到我们的那一瞬,她们俩异口同声地夸奖我的新娘。或许是对我们此刻些许失落的心情早有预料,在例行的赞美完成之后,玛蒂娜话锋一转,郑重其事地向我们说道,"你们知道吗,在法国,有一句老话是这样说的:Mariage pluviex, mariage heureux!"

在婚礼当天,这句话几乎被所有的法国朋友不遗余力地重复着,它其实是一句法国谚语,翻译成中文,意思是说,"在下雨天结婚,新郎新娘必将拥有幸福美满的婚姻"。老实讲,在我看来,这毫无逻辑可言,我实在想象不出下雨天跟幸福能够扯得上什么内在的关系。幸运的是,我的朋友中不乏像玛蒂娜这般学识广博又热心肠的法国人,这些年,他们对我法语水平的提高功不可没。玛蒂娜跟我解释,这句谚语其实是一个巧妙的文字游戏,事实上,单词"雨天"(pluvieux)跟另一个法语词组"年纪越大"(plus vieux)在发音上是相同的,所以,此谚语原本应该写成"Mariage plus vieux, mariage heureux",它的意思则是说"新郎新娘在结婚时的年纪越大,婚姻就越幸福"。此话虽说得太过绝对却颇有几分道理,你想,我们人生的经历随着年纪而越发丰富,此刻下定决心的一桩婚姻通常经过深思熟虑,在理性的同时,更懂得珍惜,从而易于维持内心的幸福感,这是保证婚姻美满的重要前提,一种极端的情况,两位年届古稀的老人选择结婚,那双方必然是寻找下半生的老来伴,珍惜彼此便不在话下。另一方面,头顶脱发在法国中年男人中司空见惯,因此,当一个法国男人以"高龄"娶妻时,十有八九,他的发型已初具地中海之雏形,如此一来,自然也就相对安分守己,毕竟,持有此发型者遇到艳遇的几率必定会大幅下降,从这个角度讲,这有利于降低出轨的风险。

在使用谚语这件事情上,法国人与中国人如出一辙,不论是公众人物还是普通人,都乐此不疲地在讲话中运用恰到好处的绝世名言,诙谐幽默之余,听众们也更加容易接受讲演者的观点。曾在法国生活过的小平爷爷在推动三十年前那场伟大改革时,同样创造过无数堪称经典的谚语,"不管白猫黑猫,能抓老鼠就是好猫"、"摸着石头过河",这些句子在所有中国人的心中都留下了不可磨灭的记忆。如果略微探究一下法国人和中国人的谚语,你会发现,它们的特点通常都是以通俗易懂的短句来说明一个道理,在修辞上则一般前后押韵。所以,说到底,使用谚语的终极目的其实是为了讲道理,这也是法国人频繁在他们的对话中运用此修辞手法的原因之一,因为,众所周知,法国人对"与人说教"这档子事儿一直情有独钟。英国人彼得·梅尔就曾对法国人有过这样的评价:"法国人给你各式各样的忠告,无论你想不想听,因为他们认定你受教育的程度不够,许多事情只有法国人才能完全理解,所以你需要一点帮助。"此话虽然出自一个英国人之口,但绝没有污蔑法国人的企图,法国人的确擅长在任何时候任何地点见缝插针地向人说教。比如,他们在滚球(pétanque)场上示范自认为是标准动作的掷球手势,在餐桌上向同伴说明要做出一道优秀的红酒牛肉所该掌握的正确烹饪步骤,受教的一方则可以是朋友、家人、同事、孩子,总之,他在某些方面是专家,你必须遵从他的说教。然而,可惜的是,受教的一方通常并不会乖乖就范,相反,他们会绞尽脑汁地想出一套与之相对立的理论,随后角色互换,受教方一跃成为说教方,就这样你来我往,大战三百回合,谚语、俚语、歇后语,能想到的全被用上了,最后的结果却大都不了了之,争论不出个所以然来。法国人就是天生喜欢与人辩论,是不是真理从来都与他们无关,法国人在乎的只是要说赢你。当然,同样会有善于聆听的受教者出现,他们几乎都是在法国的外来移民,彼得·梅尔就是其中最著名的一位,他们极易被法国人的口若悬河所折服,并把对方的理论信以为真,但是,这时的法国人反倒说不了多久便黯然退场了,因为无敌就是寂寞,法国人所等的就是有人反驳自己。

　　"与人说教"是目的,谚语中生动的修辞则是为了这个目的而存在的方法,毋庸置疑的是,其本身同样令法国人心驰神往,原因很简单,因为它体现了法语之美。法语被许多人视为世界上最美的语言,这个观点最早出自于我们十分熟悉的一篇法国小说《最后一课》(La Dernière Classe)。故事写的是 1871 年的普法战争之后,法国战败,割让了阿尔萨斯和洛林两地,普鲁士占领后禁止学校教授法语,改教德语,法国师生上了最后一堂法语课,爱国的韩麦尔先生在这堂惊心动魄的课上对学生们宣称:"法国语言是世界上最美的语言,最明白,最精确。"韩麦尔先生是有他的道理的,他作为一个法国人,法语是他的母语,一个人觉得自己的母语是世界上最美的语言就好比每个人都觉得自己的妈妈是世界上最美的女人,这符合人性。而另一些不以法语为母语之人,之所以在当时也跟着爱上了这门陌生的语言,则大都是因为此篇小说所渲染的爱国主义情怀,你看,一边是飞扬跋扈的普鲁士士兵,一边是手无寸铁的师生,双方的力量相差悬殊,在这种状况下,阿尔萨斯人上完最后一堂法语课后,从此便沦为亡国奴,再也不能说自己的母语了,正是在这种悲壮气氛的渲染下,法语的美感陡然上升。可是,如果现在告诉你,其实,文中所描述的被德国侵占的法国领土事实上最初就属于德国,当地居民本来就说德语,那个爱国主义的梦破碎了,你还会认为法语是世界上最美的语言吗?法兰西王国在 17 世纪逐渐占领阿尔萨斯,当地居民所说的本土语言是阿尔萨斯语,属于日耳曼语系。1850 年左右,法语除了是阿尔萨斯的官方书面语言,也只是在富人中流行而已,普通老百姓的生活用语依然是本地的阿尔萨斯语,在普法战争爆发的时候,依然只有 15% 的阿尔萨斯人会说法语,所以小说最后一课与真实的历史并不符,"法语是世界上最美的语言"恐怕只是一个用法语写作的法国人自我的一种陶醉。但我坚信,即使这个爱国梦轰然倒塌了,法语在世界上也不乏最虔诚的追随者,问这些信徒为何喜爱法语?他们会说,因为我热爱法国的时尚,法国的香水,法国的电影,法国的埃菲尔铁塔,要是你再进一步询问,那你法语说的怎么样?得到的回答十有八九是:我?我不会说法语。他们对法语的爱好比是暗恋,此中的精髓就在于,你看得见但摸不着,距离产生美,得不到的永远是最好的,不用费尽心机去学的语言也是最美的,一旦暗恋变成了恋爱的对象,得不到的被你得到了,那"最美"也只能降格为"美"了,如若有幸,爱情开花结果,那"美"就彻底沦为过日子了,法语的联诵、动词变位、虚拟式、条件式就好比"酱米油盐糖醋茶",一点一滴摧残着学习者的神经,此中的酸甜苦辣只有自己最清楚。但如果你问一个法语已经说得炉火纯青的外国移民,法语美吗? 想必得到的答案也是肯定的,因为这就好比问那对在一起过日子的伴侣,"你的另一半美吗?"为了证明自己的眼光,他一定说美。但是,要区分的是,"法语最美"这个评价在法国人中依然有效,因为它是母语。

就像普通话是北京话的衍生语,现代法语也是巴黎方言的衍生。这透露出一个重要的信息:除了法语,在法国的其他地方,应该也有各自的语言才对。就像在中国,我们说普通话的同时,也会说上海话、粤语或其他方言,可问题是,我从未听任何一个法国人说过除法语之外其他的语言。这让人不禁产生疑问,难道方言在法国并不存在吗? 可事实上,它们的确真实存在,就像在《最后一课》中,阿尔萨斯地区的居民说阿尔萨斯语,在法国,还有布列塔尼语(Breton),南部的奥克语(Occitan)等形形色色的地区语言,只不过,现在它们都成了过去时,几乎没有法国人在实际生活中使用了。究其原因,方言的没落要归罪于法国历史上对语言的统治。在 1539 年以前,巴黎方言即法语只在商人、大学学生以及艺人中间流传,而就在这一年,法兰西王室为了削弱教会的影响,宣布不再使用拉丁语,而把法语作为法国的法庭用语以及行政文件的官方用语。自此,法语逐渐取得无可替代的强势地位,在法国 1789 年的大革命之后,一项对口语的普查表明,法国在当时有一半人在说法语,到了 1910 年,以巴黎为中心的道路系统迅速发展,讲法语的人数更是达到了空前的90%,而通晓方言的人这时则已经降至了 50%。现如今,又经过一百年的演变,法国人终于走到了全民皆说法语的地步,不幸的是,他们把方言也遗忘的一干二净了。老实说,这与法国人一贯的作风相去甚远,他们向来注重保持事物的多样性,不然戴高乐总统也不可能会说出"有谁能够统治一个有 246 种奶酪的国家"这样的名句。但偏偏就是方言,它非但没有受到应有的重视,还经常遭受一些人的非议,从这些反对者所持的观点中,我们或许能找到一点事情的端倪,他们认为"方言是破坏国家团结的罪魁祸首"。无可否认,语言不仅是文化的载体,而且,它还起到政治工具的作用,而恰恰在政治上,法国矢志不渝地执行着全国统一的政策,一个法国人无论他的出生地和目前居住地在哪里,他所享受的医疗体系都是相同的,养老政策也只随着职业的不同而有所变化。这一点与中国不一样,中国每个地方都有自己的地方政策,比如高考,每个省份的政策就不尽相同,所以即使中国整体的教育政策有所改变,地方教育局也能根据本地的情况做出一些调整,但是,在法国,如果教育政策改变了,那么,对全法所有的学生都一视同仁,这也是法国地方的游行罢工总是很快波及到全法的原因所在,因为政策适用于所有地区的法国人,而不单单针对某个区域。政策统一所基于的原则是平等,目的之一则是加强人口的流动性,实现民族大融合。一个法国家庭在更换居住城市上的操作性相对比较强,在不同的城市工作不会涉及到社会保险金缴纳比例的改变,也不会有子女异地高考等一系列的麻烦。假使方言比法语强势,则势必会出现一个问题,那些去到家乡之外其他地区生活的法国人,如果想要融入当地的环境,那他就必须花大量的精力去学习一门方言,这无疑提高了人口流动的门槛,在一定程度上给民族融合制造了障碍,这就是那些反对方言的国家主义者所持的观点,我们尚且不论此种说法的对或错,但就方言本身来说,它是地区悠久文化的载体,对它的摒弃无疑令人扼腕叹息。所幸,法国民间的有识之士对此开始反省,近些年来,一部分法国人开始重新培养孩子去学习当地的语言,在法国南方就开设了几所"奥克语法语"双语学校,教授奥克语以及地区的文化,或许在未来不久的一天,我们将有幸听到法国朋友讲方言。

　　法国有个名声显赫的学术机构叫做法兰西学术院(Académie franaise),它由宰相黎塞留(Richelieu)成立于1635年,规范法语是这个机构最初的任务,为此,法兰西学术院的院士们在1694年编辑出版了第一部词典,在这部词典中,法语被正式地规范化并且纯正化,而且,每过一段时间,这部词典都会被重新修订,以便做到与时俱进,直到现在,已有八个版本的词典面世了,最新的第九版也正在编辑中。法国人对于法语读音、拼写以及语法正确性的追求近乎于狂热,在这件事情上,可以说,每个法国人都是处女座,容不得半点瑕疵。在法国,申请大学、找工作都必须要写一封动机信(Lettre de motivation),在此信中,候选人需要不遗余力地表达赞美之情,无所不用其极地说服对方自己就是最合适的人选。值得注意的是,绝对不可以在信中犯下任何语法或者拼写的错误,因为哪怕是微不足道的疏忽,都足以拒绝一名能力优秀的候选人。我其实怀疑,法国人如此热衷写动机信,纯粹就是为了检验候选人的法语水平,要知道,在法国人眼里,这关乎一个人的修养。但是,令老法国们担忧的是,法国现在的年轻一代在法语上的表现却不尽如人意,近年,法国高中会考(Bac)显示,高中生法语拼写能力一再下降,考生暴露出越来越多的拼写错误,这让教育部的官员坐立不安,并不断地在研究解决问题的方案,但至今还未见成效。在法国年轻一代中,法语似乎不再那么神圣,他们不会再像父辈那样,抱着词典考证每个单词的拼法和意思,这丝毫提不起他们任何的兴趣,和世界上所有的年轻人一样,他们创造着丰富怪诞的网络用语,时刻颠覆着传统的法语。法国电视一台(TF1)做过一份调查报告,结果显示法国中老年人现在已经很难理解年轻人所说的法语新词汇了,在法国年轻人中间就流行着一种韦朗语(Verlan),其构成是将一个词音节顺序反过来,Verlan 这个词本身就是 l'envers(颠倒)的颠倒形式。韦朗语最早在巴黎郊区的法国工人以及阿拉伯移民中使用得很普遍,而现在所有的法国年轻人都会在日常对话中使用这些词,他们说 cimer 来表示感谢(merci),把女人(femme)称作 meuf,这样说法语让他们觉得酷极了。

　　韦朗语可以说是年轻人的一种语言游戏,在视法语为娱乐的态度上,法国的中老年人倒是与年轻人如出一辙。在法国,火车上经常能见到法国人拿着一本书或一份报纸在那里涂涂写写,时而抓耳挠腮,时而眉飞色舞,好像在进行一场惊心动魄的密码破译,而实际上,他们在进行的是一项比这更伟大的事业——填字游戏(Jeu de mots)。这项活动风靡全法,它的规则千变万化,最经典的就是在一张纵横交错的表格中,根据给出的几个零星字母,猜出剩余空格所应填写的内容,构成完整的法语单词,即告完成。老实说,此类游戏我们中国人也玩,只不过猜的是中文词罢了,所以并不是什么新鲜事儿,但问题在于,填字游戏在中国的受欢迎程度决不能与其在法国的影响力同日而语。在地铁上,在度假的海滩上,在午休时,在睡觉前,总之,在任何地点,任何时间,法国人都能进行填字游戏,在他们眼里,这是一项真正的运动,一场脑力上的角逐,并且,如果能有幸从中认识一个新单词,还有什么比这个更让人欣喜若狂吗?另外,据法国人所言,此项游戏还有一项重要的功能,他们宣称,"填字游戏可以帮助我 vider la tête",单词"vider"是清空的意思,"la tête"则表示脑袋,所以翻译过来就是,"它可以帮助我清空脑袋",对于法国人,他们似乎每时每刻脑袋里都装满烦心事,多到不清空就会随时溢出来,需要清空的内容多如牛毛,可以是对晚餐菜谱的纠结,或度假去海边还是露营的艰难选择,又或是懊恼于昨晚输给邻居家的一场滚球比赛……这些事情都让他们心力憔悴,只有在进行填字游戏中才能真正地放松自己。只是,据我估计,法国人在听到以下这则新闻后,恐怕再也不能借助填字游戏来清空脑袋了:在刚刚结束的 2015 年世界法语填字游戏大赛(Championnats du monde de Scrabble francophone)中,一位完全不会说法语的新西兰人 Nigel Richards 拿到了世界冠军,他的秘诀是从比赛前 9 周起,开始强记一本法语字典,而他对这些法语单词的意思一无所知。这让法国人彻底震惊了,在他们心中,能够拿下此项赛事的冠军,那简直就与获得诺贝尔文学奖所媲美,所以,从今往后,郁闷的法国人很有可能彻底放弃填字游戏,即使仍有人对此项事业持之以恒,他们在填字的时候也不能再做到心无旁骛了,新西兰人冠军的影子将在他们脑中挥之不去。

婚礼后的第二天,我们仔细翻看了宾客送来的庆贺卡片,在温馨的字里行间中,开篇第一句话,无一例外,全是"Mariage pluvieux, mariage heureux",在感动之余,我们不禁在想,如果恰巧婚礼当天没有下雨的话,是不是就该轮到我们的法国朋友沮丧了,要知道,写一篇满腹经纶的婚礼祝福词可不是什么轻而易举的简单事儿,这考验法国人的修养。无论如何,我们衷心地希望,此条法国谚语所宣称的内容属实,让雨天为我们换来一生的幸福。

市政厅婚礼

等伊莎贝利女士和奥利韦市长先生进入结婚礼堂的时候,一切都已经准备就绪。作为新郎新娘,我们的心情有些激动,更略微紧张,说真的,此刻我们心中所想的是,"但愿待会儿能够听明白市长先生所说的法语,否则就该出糗了"。

我们的客人大约有五十人,全都依次坐在后排的长凳上,我们则被安排坐在最前排,紧挨我们其后的是朱力安和贝蒂,这两个人在这场仪式中的角色同样不可小觑,他们分别被我们邀请为男女双方的证婚人,这是法国市政厅的规定,在结婚仪式前,男女双方必须各自挑选出至少一名证婚人,他们需要在新郎新娘的结婚仪式上签署一份表明拥护并且见证此婚姻的文件,可以说,如果他们今天没有到场的话,我们的婚礼就没法进行下去了。也许是为了突出自己角色的重要性,朱力安今天特地穿了一件大红的衬衫,显得特别的扎眼,按他的话讲,"参加中国人的婚礼,没有一点儿喜庆的红色可不行。"

礼堂的布置典雅又庄重,木质地板配上水晶大吊灯是法国人对于华丽的诠释,四周的墙壁上悬挂着法国历届总统的肖像照,而礼堂正面位置的照片则被刚刚上任的奥朗德总统当仁不让地占据着,这几乎是法国所有市政厅礼堂的典型式样。市长先生站定后,向在座的众人发表演说,"各位女士们,先生们,非常荣幸,今天将由我来为这对年轻人主持婚礼。"市长先生是一位儒雅的法国中年人,戴着一副眼镜,穿着整齐的黑色西装,肩上则斜跨着引人注目的蓝白红三色丝带,它向世人表明,市长将以法兰西共和国的名义为我们喜结良缘。各位不要就此高估了我在法国的影响力，我除了偶尔写点杂文调侃一番法国人之外，并没有为法国做出过任何有意义的贡献，市长之所在会亲自为我们主持婚礼，仅仅是因为这是他的一份日常工作。在法国，市长所管辖的地盘通常都相当狭小，这是由于整个法国被细分成了数以万计的市镇，截至2014年，法国共有36681个市镇，这个数字在欧洲是最多的，同样是欧洲大国，它的友邦德国只拥有11253个市镇。在法国所有的市镇里，巴黎以224万人口位居榜首，而全法只有83个城镇拥有5万以上的人口规模，所以法国基本上是个由小城镇组成的国家，这就给市长为市民主持婚礼这件事提供了可操作性，当然，除了市长，他的副手也会协助他完成这份工作。

"首先，我有两件事情要向大家说明"，市长先生郑重其事地宣布。

"第一件事有关天气，要知道，像今天这样的大雨在奥利韦并不常见，但没有关系，就像我们法国人常说的那样，Mariage pluvieux，mariage heureux"，这条谚语竟然也被市长先生重申了，看来这是安慰婚礼遇到大雨的倒霉鬼所惯用的说辞。"第二件事，我非常抱歉，我并不会说中文"，市长的自我调侃立刻收到了效果，引起了台下的哄堂大笑，我们之前的紧张至此也烟消云散了。

市长先生接着说下去，"现在，有请新郎新娘起立，我要为你们正式宣读民事法中关于婚姻的几条法例。"在接下来的五分钟里，我们的状态几近放空，我只能依稀看到市长先生的嘴巴飞快地说着一连串的法语词，句中还不时地夹杂着一些生涩的法律专业词汇，让我所有试图想听明白的努力都变成徒劳，所幸大概的意思还是能猜得八九不离十，不外乎"有福同享，有难同当"、"山无棱，天地合，才敢与君绝"等此类爱情宣言。当市长先生开始唱名的时候，我们才从游离的状态中回过神来，"某某女士，你愿意嫁给某某先生……非常抱歉，我读的没错吧?"这下轮到市长先生遇到了难题，他不想读错我们的名字，可是中文的发音对于他实在有些拗口，"您读的非常好，市长先生"，我肯定了市长先生的语言天赋。在我的安慰之下，他终于又重振旗鼓：

"某某女士，你愿意成为某某先生的妻子吗?"

"我愿意。"我的新娘回答得有些小声，

"你确定？告诉我实话，其实你根本就不想嫁给这个家伙吧?"市长先生的幽默调侃再一次引起了宾客们的一阵哄笑。

"我愿意。"这一次我的新娘使出了全身的力气大声地回答，

"非常好。某某先生,你愿意成为某某女士的丈夫吗?"

"当然,我愿意，"

"我宣布,在法律的见证下,你们正式结为夫妻!"

台下掌声雷动。

但是,例行公事还没有就此结束,接下来该轮到伊莎贝利女士出场了,她的职责是协助市长先生为我们主持在结婚证上签署名字。刚开口,伊莎贝利女士就惴惴不安地对我们说："非常抱歉,我同样对中文一无所知,但我将竭尽所能地读好以下这份文件。""2012 年 10 月 20 号,在奥利韦市政厅,某某先生和某某女士的儿子某某某,与某某先生和某某女士的女儿某某某",伊莎贝利女士在读完了一连串的中文名字后,停顿了一下,伸出一只手,手心朝下从脑门前划过,同时嘟起嘴吹口气,假装做出擦汗的样子,法国人用这个手势表示对自己能完成这件困难事儿感到欣慰。伊莎贝利女士随后加快语速,一鼓作气地完成了只剩下法语单词的句子,"他们在朱力安以及贝蒂的见证下,今天正式结为合法夫妻。"

在我们对以上所宣示的内容表示完全认同之后,伊莎贝利女士把结婚证书放在我们的面前要求我们以及证婚人签下大名,我们故意放慢签字的速度,在写下每一笔的同时,都抬头去迎合周围宾客们的镜头,现场有十几台相机对着我们不停地按下快门,这让我们的感觉好极了,仿佛是两位大国的元首在签署联盟的协议,当然,夫妻之间的誓言可要比国家联盟来得情比金坚。在确认了签名之后,伊莎贝利女士再次恭喜了我们,并把结婚证书递过来,她认真地说,"这份材料对你们可是至关重要,公司的雇主,出租房屋的主人,社会保障局等将来都会要求你们提供这份材料。"她的这番话让我们想起了为这场婚礼所做的"文件搜集运动",那场运动的艰辛让我们至今心有余悸。我们小心翼翼地收好了文件,打

算回去之后再复印上几十张,不,也许是几百张,因为我们深知,这总会在法国派上大用场。"最后,这是你们的家庭手册,上面有你们的个人信息",伊莎贝利女士递给了我们一本小册子,"将来有一天,你们有宝宝了,记得来市政厅补填宝宝的信息哦!"

"但是",伊莎贝利女士补充道,"这本手册的页数只够填写十个宝宝的资料,等你们把这本都填满了,我们会再发第二本的,所以,不用担心!"

生生不息

　　伊莎贝利女士的提议虽为一种调侃,但是,这足以体现法国人对于养育孩子这件事情所抱有的满腔热情。要知道,近些年来,法国人的生育率在整个欧洲高居榜首。据法国国家经济研究统计署(Insee)统计,2006 年法国女人总生育率达到了 2.00,也就是说每个女人平均生育 2 个子女,这个数字让法国人欢欣雀跃,因为自从 1974 年法国婴儿潮的结束以来,法国人的生育率持续下滑,在 1994 年,这个数字一度跌入谷底,只有区区 1.68 而已,所以生育率在时隔多年之后再次突破 2.00 意味着法国人口增长的回暖。

　　然而,不得不提出的是,2.00 的生育率其实还未能实现法国人口的正增长,人口学家声称生育率必须达到 2.07 才足以扭转目前负增长的趋势,因此,法国人能在欧洲的生育比赛中拔得头筹,实属矮子中拔长子。更加关键的事情在于,即便如此,法国人的这个冠军头衔也并不是土生土长的法国人所赢得,这一胜利绝大部分要归功于在法国的外国移民。拿 1998 年和 2013 年的数据来比较,结果显示,对于夫妻双方都是在法国出生的群体,他们所生孩子的数量在 15 年后减少了 1%,夫妻中若有一人的出生地是在国外,那么,他们则比 15 年前多生了 14% 的孩子,在双方的出生地都是在外国的情况下,这个增长率更是达到了惊人的 49.7%。据此,不难发现,土生土长的法国夫妻在生育率上其实一直在拖后腿。另一方面,外国移民在法国的迅速壮大拉高了法国总体的生育率,据 Insee 给出的统计,2008 年在法国的外国移民总数要比 1999 年增长了 22% 之多，占到了总人口的 19%，其中 41% 的移民是欧洲裔，30% 是来自非洲西北部的马格里布（Maghreb）地区，他们主要是来自摩洛哥、阿尔及利亚和突尼斯这三个阿拉伯国家的移民，剩下的移民则来自撒哈拉以南的非洲国家、亚洲和美洲国家。马格里布以及其他非洲国家的移民向来有多多生育小孩的传统，来到法国之后，虽有所收敛，但是他们的生育率还是要远远高过法国本地人，欧洲裔的移民除了葡萄牙人是个例外，其他人继续秉持在自己母国的习惯，不太愿意在法国生孩子，亚洲裔在法国的表现则大致与法国人持平。所以，马格里布以及其他非洲国家的移民才是保证法国生育率的关键。

　　然而，众所周知，马格里布移民中有不少人在法国并没有稳定的工作，但这却丝毫没有妨碍他们成为法国生育外援中的主力军，那么问题来了，他们养育孩子的经济支撑又是什么呢？其实，在这一点上，只要外国移民持有合法的居留身份，便完全不是问题。在法国，生育以及养育孩子的成本在很大程度上被社会化了，在公立医院生孩子是完全免费的，由社会保障系统承担这笔费用。不仅如此，在临产前的一个月，一笔将近 1000 欧元的补助会由社保局转入妈妈们的账户，它的用途是为即将降临的宝宝准备所需的物品。在产后，这个家庭每个月则都有一笔金额可观的幼儿津贴，直到孩子三岁，而且，这笔津贴的金额随着家庭孩子数量的增加而大幅上升。假使夫妻双方都有正式工作的话，那么孩子还可以被送入当地的托儿所，费用同样由政府买单。所有的这些政策，全都适用于在法国持有合法身份的外国人，这无疑解决了他们生育小孩唯一的顾虑。有一则令人吃惊的小道消息，据说法国有一位阿拉伯裔移民，他同时与两位女性组成家庭，两个老婆则为他生育了共计 16 个孩子，为此，他非但不用在法国纳税，而且，每月还享有 9000 多欧元的补贴。此则消息的真实性虽然有待考证，但是，外国人在法国生育小孩确实得到了良好的保障。

　　据上文所述，法国政府一直不遗余力地鼓励公民多生孩子，但是，有一种生育形式却向来受到法国政府的严令禁止，那便是赫赫有名的"借腹生子"（Gestation pour autrui — GPA）。1991 年，法国最高法院根据

"人体不能随意支配"的原则,颁布了禁止代孕的条例,并在1994年通过了生命伦理法律,全面禁止了代孕的做法。在这些严厉的法律下,很多不孕不育的夫妇和同性伴侣只好去到允许代孕的国家寻找代孕母亲,其中一些人成功地得到了与之有血缘关系的孩子,但是新问题又来了,当这些孩子回到法国的时候,法国政府拒绝给他们进行身份登记,不准许其取得法国国籍。家住巴黎近郊的梅纳松夫妇就是这种情况,他们十多年前在美国通过代孕母亲生了孩子,但回国后法国行政部门一直不承认这个孩子与他们的亲子关系,这使得一家人的生活一直处在不安定以及沮丧之中。这件事情终于在2014年出现了转机,因为这对夫妇把法国告上了欧洲人权法院(CEDH),法官们最终判定:"他们孩子的处境在法律上不确定,这有损他们在法国社会中的身份,妨碍他们有朝一日与他人在相同的有利条件下继承遗产。"所以,欧洲人权法院最终责令法国政府不得拒绝承认国外代孕母亲所生的孩子,这让梅纳松夫妇欢欣鼓舞。

我讲述这个故事倒并非为了表达"借腹生子"到底是对还是错,我只是想借此说明,欧洲一体化对于现代法国所产生的深刻影响。就如梅纳松夫妇的例子而言,欧洲人权法院在代孕这件事上对法国政府的指责并非绝无仅有,2014年4月15日,法国雷恩(Rennes)上诉法院曾拒绝给两个在俄罗斯通过代孕出生的小孩在法国登记身份,这一次又是在欧洲人权法院的介入下,法国于当年12月16日同意给这两个孩子登记。所以,你会发现,现如今的法国政府再也不能根据自己的意愿为所欲为了,它时时刻刻处在欧洲法院和欧洲人权法院的监督之下,欧洲已经迫使中央集权的法国政府放松其对国内事务的掌握。一些无法在国内实现自己诉求的法国人频频利用欧盟作为对抗法国的手段,法国的少数民族布列塔尼人就是其中一个案例。1970年以前,他们在使用自己的地方语言布列塔尼语时需要非常的谨慎,因为稍有不慎,就有可能被法国政府以煽动地区自治罪而论处,但是1999年的欧洲宪章阐明,各国的少数民族应受到保护,在必要时官方文件应该翻译成少数民族语言,所以,布列塔尼人在欧洲的庇护下获得了法国政府越加宽松的对待。然而,这些政治现实让法国的一些国家主义者们坐立不安,他们认为欧盟正在向一个联邦国家的模式发展,这对于法国主权是无法容忍的侵犯,这些人原来的设想是希望控制欧洲并使之成为法国文化和政治辉煌的跳板,并与此同时,立足于欧洲巨大的市场从而发展本国的经济。在他们的眼里,欧洲应该是"法国的"。但是,愿望终归只是愿望而已,尚且先不论法国在欧盟中的地位是否能与如日中天的德国所媲美,我们就从人性上来讲,大家来参与欧盟,所期望的肯定不是成为某一国的附属国,每个人都是为了得到更好的发展,要让大伙儿在一块儿过日子,就必须有妥协的精神在,每个国家都需要放弃一些自己原有的主权,而恰恰这一点是法国国家主义者所不能接受的。据 2014 年欧洲议会选举的结果可见,法国国家主义者的数量正在大幅上升,法国极右翼势力"国民阵线"(Front National)在此次选举中大获全胜,取得了 25% 的选票,远超法国目前的执政党"社会党"(Socialiste)以及在野的右翼温和党派"人民运动联盟"(UMP)。国民阵线的著名创始人让-马里·勒庞(Jean-Marie Le Pen)以及他的女儿——同样是目前担任党魁的马琳·勒庞(Marine Le Pen)对于欧洲的政治主张一直是反对联邦主义,他们认为欧盟导致法国的农业和渔业衰落,主张法国退出欧元区。所以"国民阵线"的这次胜利是法国国家主义者正在逐渐壮大的一个信号,这些人的"法国欧洲梦"已几近崩溃的边缘。而且,退出欧元区是"国民阵线"为日后能够在法国国内事务上实施自己的政策所必须实现的一个前提,因为国民阵线在国内的政治主张最主要的一条就是排外,他们指责移民和外国人抢了法国人的饭碗,特别是阿拉伯移民侵蚀了法国的文化和民族特性,在国民阵线看来,所有问题均由移民产生,而移民的根源就是欧洲一体化。假如有一天国民阵线成功选上了法国的执政党,他们必定实施"法国本地人优先"的政策,这显然将会是欧洲人权法院所不能容忍的状况。所以,从根本上来讲,欧盟是国民阵线最主要的眼中钉之一,要想大展拳脚,非拔了它不可。然而,可以肯定的是,法国人的生活已经与欧盟产生了千丝万缕的联系,未来的路怎么走,谁都无法预测。

小尼古拉

    法国有一部著名的漫画故事，叫做小淘气尼古拉（Le petit Nicolas），这部由勒内·戈西尼（René Goscinny）创作，让-雅克·桑贝（Jean-Jacques Sempé）配画的作品自 1959 年面世以来，陪伴着一代又一代法国人度过了他们快乐的童年时光，小尼古拉在法国的影响力无疑是非比寻常的。剧情围绕着一个调皮又敏感的男孩子——尼古拉而展开，他的身边围绕着各种各样性格的小伙伴：有在老师眼里的"笨小孩"，爱吃东西的小胖墩，喜欢欺负其他小朋友的"小恶棍"，想要什么就有什么的富二代，成绩第一、爱打小报告的"乖宝贝"，立志继承爸爸的事业、整天拿着哨子的"小警察"，还有一个想当环法自行车冠军的小弟弟，甚至还有尼古拉长大了想要娶回家的小女孩。

    这些小朋友之间的故事展现了一个孩子们的社会，友谊、争吵、师生关系还有小爱情皆有所触及，这部作品之所以如此风靡，甚至可以说是伟大，就是因为它探索了孩子们的内心世界。记者柴静曾经在她的著作——《看见》中有过如下的论述："最大的谜，其实是孩子的内心世界，能不能打开它，可能是每个人都需要面对的问题。"其实在我看来，我们中国家长在与小孩子的沟通上，最大的问题倒还不是如何打开孩子们的内心，而是我们是否愿意去打开，现在大多数的家长压根就不愿意去倾听孩子们的想法，我们总是认为孩子太幼稚。为了改善这个现状，我们不妨换个角度看问题。事实上，恰恰因为幼稚，孩子的内心比起成人往往更加接近于人类的本性，而随着我们年龄的增长，所受的教育或者说是改造越多，我们就变得越来越符合这个社会的标准，有了一套符合社会主流的价值观，在看待和处理问题上，越来越理性但同时也越发地局限。当然，一个健康法治的社会需要大量的理性思考，我也并不是说感性比理性更胜一筹，只是我们成年人在一些问题上何妨不多问问孩子们的看法，他们给出的答案或许不够全面而且感性，但是，它更接近于我们人类最初的人性，这提供给成年人另一个思考问题的角度，社会正是需要听到不一样的声音，所以，切勿抱着"倾听孩子们的内心只不过是为了帮助教育他们"的想法，其实，成年人同样能够从中受到有益的启发。

在这一点上，我不得不佩服法国人。法国电视一台（TF1）在夏季的晚间新闻报道中，每天都会留出五分钟的时间去采访一群 10 岁左右的孩子，他们接受采访时正在集体参加夏令营。第一次观看这档采访节目的时候，我实在是瞠目结舌，要知道，法国记者的采访主题并非那些我们传统观念中孩子们所应该思考的吃喝玩乐之事，记者问的是"你们怎么看待加莱（Calais）的非法移民问题？""你们想成为王子或是公主吗？你们觉得法国应不应该实行君主立宪制？"等诸如此类的"大问题"。孩子们的回答则千奇百怪，其中一个孩子在非法移民问题上给出的看法是她觉得这些人非常可怜，并且希望能够在自己的家中收容一位加莱的非法移民。法国的政客在理性地分析难民问题时，大都会倾向于考虑非法移民对当地卫生、治安造成的影响等此类社会问题，相反，孩子则更倾向于从人文关怀的角度看待加莱的非法移民。当然，政客们的理性思考无可厚非，但是，小孩子内心感性的声音却时刻提醒着成年人，在处理此类问题时，人文精神不可或缺。不仅如此，这档采访节目在细节上同样安排得十分周到，记者采访的对象都是独自前来参加夏令营的小孩子，这一点至关重要，因为父母不在身边就给了孩子们一个没有权威在场的环境，这无疑能够让他们更真实地表达自己的想法，并且可以触及一些平常孩子羞于说出口的敏感话题，比如记者会让他们表达一下对父母的看法，对家庭的理解，甚至让这些在夏令营一起活动的少男少女谈一谈对异性的感觉。孩子们的表现依旧感性且真情流露，其中的一个孩子在谈起父母对自己的爱时，第一次认真地在镜头前表达了自己的感恩。

影片《刺猬的优雅》(Le hérisson)开头是一位 12 岁的法国小女孩芭洛玛的自述,这个古灵精怪,喜欢透过摄影机洞察世界的小女孩生活在巴黎的高级公寓里,家长是显赫的国会议员,而爱思考的芭洛玛正在精心谋划一场在她 13 岁生日那天的自杀,按她的话说,"我不愿成为鱼缸中命运已被注定的金鱼"。显然,小女孩的思考已经上升到了"人为何而活"的哲学层面,幸好最后在女门房荷妮的感染下,芭洛玛找到了人生的意义,才没有酿成悲剧。我们每个人都经历过一个思想上转变的过程,最初是孩童时代的感性,等到了少年时代则变得似懂非懂,开始用些许理性的角度去思考问题,但此时往往是最痛苦的阶段,因为个人的阅历还尚浅,一时难以找准命题的理性突破口,稍有不慎便会像芭洛玛那样陷入思想的泥潭之中。法国人处理这个问题的方法再一次令我肃然起敬,他们决定有必要系统地培养这些"困惑少年"思辨的能力,于是,在高中生的必修课以及会考(Bac)中加入了哲学科目。这门在其他国家一般被列为大学课程的学科在法国文学类高中生中占到了多达每周八小时的学时,对于其他科学技术和经济社会类的高中生,虽然哲学课课时较少,但同样是必须学习掌握的科目,马虎不得。更加关键的是,所有想要通过高中会考进入大学学习的法国年轻人必须经历一场为时四个小时的哲学考试,考试由三道题目构成,其中两题为申论,主要探讨文化、理性与道德等概念,剩下的一题是文本解释,考生们需要对哲学家的一段作品做出有见地的解读。正是由于法国人独一无二的哲学教育,帮助了众多年轻的心灵更快更系统地完成了对于理性的探索,同时孕育了公民意识。它所起到的效果似乎也立竿见影,在 2014 年高中会考数学科目的考试后,愤怒的法国高中生们在网上发起了一份名为"国民教育部:请停止对理科考生的屠杀"请愿书,起因是考生们认为,相比去年,这次数学试卷难度过大。不到 24 小时,请愿书就收集到了两万五千个签名,一些高中生甚至走上了街头进行抗议。事情发展到这个地步,请愿的结果反倒不是最重要的了,令法国人欣喜的是,这些开了窍的"小尼古拉"们自此便把不屈服于权威,"你若犯我,我便游行"的法兰西传统继承了下来。

数学老师英语式

据我推测,法国高中生联名抗议的那份数学试卷倘若换给中国高三学生考的话,中国考生十有八九也会集体上书教育部,只不过此中内容必定换作一封感谢信:试题出得实在太简单了,教育部简直就是活菩萨。

中国学生的数学水平远远地好过法国学生,根据国际学生能力评估计划(PISA)针对全世界 15 岁学生的一项学习水平测试结果表明,上海学生的表现是全世界最为出色的,数学、阅读和科学项目三项测试均为世界第一,反观法国学生的数学排名则不尽如人意,排在第 25 名,水平落后于上海学生将近 3 个年级。虽然中国内地只选派了上海学生作为本次比赛的代表,但众所周知,上海学生的数学水平在全国并非是突出的异类,所以,此次测试结果亦能被用来比较中法两国学生的数学能力。法国人的数学到底有多差? 有一项统计指出,70% 的法国人没有掌握基本的运算概念,让他们最头痛的就是每年打折季时商品标签上的百分比了,而按理说,小学生就应该熟练掌握这些基础的算术,任何一个普通的中国小学生都能对此类计算的答案脱口而出,这实在让我们想按捺不住地嘲笑一番法国人:"你的小学数学是英语老师教的吗?"

然而,这番略带侮辱性质的问题并不能就此激怒法国人,他们会认真地回答你:"对啊,我的数学就是英语老师教的,不但如此,他还教了我音乐、美术和体育呢。"忽然之间,茅塞顿开,原来这便是法国学生不擅长于数学的关键所在。法国的小学与中国有所不同,在中国,每个科目都配备相应的教师,正所谓术业有专攻,文采好的教语文,外语说得溜的则教外语,而在法国,一位小学教师需要教授学生所有的科目,因此,一个法国的小学教师必须上知天文下知地理,能文能武之余还须能歌善舞。现在问题就来了,要知道,法国教师全都毕业于师范类专业,通常,这些人自身对于文科的修养要好过理科,老师自己在数学上都还有问题呢,小学生们的数学能力不强似乎也就情有可原了。问题在于,小学数学是基础,根基没打稳,基本运算上的困难便会纠缠着法国人一辈子。为了解决这个难题,一些法国媒体建议:这件事很容易,学校从上海引进小学数学教师不就行了吗?但是,在我看来,这个办法根本行不通。试想,假使法国小学的教学体制没有做出相应的调整,那么理所当然,被引进的上海数学老师就会被要求教授音乐、英语等其他科目,而这种做法纯属拆东墙补西墙,若干年后,法国人的运算能力就算得到了增强,但与此同时,法国恐怕再也造就不了伟大的艺术家和音乐家了。需要特别指出的一件事情是,法国人的数学基础教育虽有待提高,但是,不得不承认,法国人在数学研究领域是世界超一流的强国,被誉为数学界诺贝尔奖的菲尔兹奖(Fields Medal)四分之一的获奖者是法国数学家,得奖总数以 11 人的成绩仅次于美国的 13 人。当然,这与法国健康活跃的科研体系息息相关,但是,仍有一个因素同样不可忽视,你想,一个从小被英语老师教授数学的法国学生最终竟然走上了数学科研之路,他该是对数学抱有多大的兴趣啊,兴趣才是第一生产力。

法国小学生每周三是没有课程安排的,这便让他们有了充足的时间和精力去发展课外的兴趣爱好。每个稍具规模的市镇都设有种类丰富的俱乐部以供孩子们选择,这些俱乐部几乎都不以营利为目的,每年只向会员收取最低额的管理费和材料费。以一个 50 人规模的短道速滑俱乐部为例,一年的会员费用大约 200 欧左右,每周有三次活动时间,配有两位专业的教练全程教授速滑技巧,每两个月还会提供给会员一次去其他城市比赛的机会,有时甚至会出国前往欧洲的其他国家。俱乐部主席和工作人员则大都是志愿者性质的业余工作,许多职位由俱乐部中孩子的家长来担任,我的老爷车司机——皮埃尔——便是这个速滑俱乐部的主席,他的龙凤胎儿女是俱乐部的学员,当上一任主席搬家去了其他城市之后,皮埃尔便接手了主席的重任。皮埃尔要负责安排俱乐部的活动日程、场地、教练的选择等所有琐碎的行政工作,这占据了他本职工作之外大部分的空闲时间。每年他还需要起草一份文件向当地的市政府申请活动经费。这对于俱乐部里的孩子们能否获得更多的资源意义重大,一般来说,注册的会员人数越多,申请到经费的几率也就越大。虽然不论孩子还是大人,这些皆为他们日常学习和工作之外的业余活动,但切勿就此小看了俱乐部的竞技水平,要知道,法国短道速滑国家队队员——本杰明·马瑟(Benjamin Macé)就注册在皮埃尔的俱乐部,他曾经代表法国参加了 2010 和 2014 年的冬季奥运会。其实,法国的专业运动员都是从这些"业余"俱乐部里通过不同等级的比赛慢慢成长起来的,有些国家队的队员除了所从事的运动之外,甚至还干着另一份与本运动完全无关的工作。

除了课堂外的俱乐部,法国的学校也会组织学生一同参与文体活动。法国电视一台在 2013 年就追踪报道过大巴黎地区阿让特伊(Argenteuil)的欧杰尼中学(Collège Eugénie Cotton)学生一次令他们终身难忘的活动。在这一年里,其中一个班级的所有学生——不论他们的表演和音乐水平如何——都参与了一出舞台剧的排练,他们先前并没有任何声乐和表演上的经验,然而,孩子们的梦想让人觉得不可思议:他们要在 10 个月后登上巴士底歌剧院(L'Opéra Bastille)的舞台!为了达到目标,在这之前,孩子们每周都要抽出一个上午的时间跟着专业的演员排练。记者的这次采访恰逢学生们第一次声乐练习,他们在镜头前显得稚嫩羞涩,对唱歌技巧一无所知,老师则正在根据每个孩子的声音条件来分配角色。10 个月后,在舞台剧上演的当天,记者在巴士底歌剧院的后台再次采访了如今已经脱胎换骨的小演员,他们在化妆师的帮助下换上演出的服装,马上就要登台表演了,这让他们兴奋不已。孩子们在摄像机的镜头前一改之前的羞涩,一拥而上侃侃而谈,10 个月来的经历让他们已经深深地爱上了表演,几乎所有的孩子都说自己未来将立志成为专业的舞台剧演员。演出开始了,台下座无虚席,观众席里最为激动的莫过于学生家长,他们不停地按下相机快门,试图从舞台上的人群中捕捉到自己孩子的身影，最终，演出获得了圆满的成功，孩子们欢呼雀跃，家长亦感到无比的骄傲。坦白说，能够登上巴黎顶级歌剧院演出对于这些孩子中的绝大多数人来说或许这辈子只有这一次，但是，这次美妙绝伦的经历在他们的心中已然埋下一颗种子，在未来的日子里定会开花结果，它可以是对舞台剧的热爱，对集体精神的领悟，对友谊的理解，又或是对生命的热爱。其实，法国的小孩子无论是在学校还是俱乐部里，每年年末都会集体呈现上一台"年终大戏"，一起表演一场马戏，或是来一场击剑大赛。无论是什么项目，孩子们都会拼尽全力去准备，这并不是法国小孩子觉悟高，因为关键的是，届时所有的家长都会前来观看表演，孩子们的心理就是这样，每个人都喜欢在家长面前露一手，而且，不管孩子的水平是否专业，组织者都会把活动搞得很有仪式感，专业的舞台，专业的裁判，家人则必定是盛装出席。如此行事的好处是庄严的仪式感更容易在孩子的记忆中留下一份美好的回忆，这是对一个阶段学习的总结，它同样赋予了孩子强烈的成就感，从而激励了他们去深入地探索个人的兴趣爱好。

经过哲学的思辨，兴趣的培养，等到法国孩子进入高中，他们通常已经对未来想要从事的职业有了明确的方向，然而，在实现自己的理想之前，高中生必须通过一场至关重要的毕业会考（Bac）。这场每年 6 月份举行的考试类似于中国的高考，区别在于，我们中国高考的形式相对单一，而法国的会考系统错综复杂，它根据考生的职业规划被详细地分门别类。在会考的季节里，常常在电视新闻中看到以下的场景：一群十六七岁模样的年轻人围着一头奶牛，你喂饲料、他挤牛奶，忙得不可开交。我想当然地认为他们这是在农场体验生活吧，但接下来记者向观众解释："他们在紧张地准备着会考！"又或者是一位帅气的小伙骑着一匹高头大马驰骋在马场里，挥汗如雨，我以为他在健身呢，记者则再一次出来辟谣："他在马场上挥洒汗水，为的是迎接即将到来的会考！"这常常让外国人义愤填膺，拍案而起："你法国人分明就是在借考试之名行玩乐之事啊！"然而，正如记者所言，这些年轻人确实是在干正经事儿，他们被称为"职业会考候选人"（Bac professionnel），是法国会考三大类中的一种。据教育部统计,2015 年共计 28.7% 的考生属于此类范畴,考生在高中接受了三年的专业知识训练,通过会考后便可直接开始就业,那些给奶牛喂饲料的高中生毕业后会进入农场开始一生的农民生涯,实现"脚踏实地"的梦想,另外,面包师傅、猪肉商等皆为此类会考所包含的职业。第二种考生属于技术类(Bac technologique),比例占到了 19.7%,此类高中生会考后进入高等技术学校继续学习两年,毕业后在各个领域担任技术员的工作,有点类似于中国的大专生。第三种普通类考生(Bac général)则达到了 51.4%,他们之后会进入大学进行为期 3 到 13 年的深造,3 年可以拿到学士文凭,5 年就是硕士,博士学位则一般需要 8 年的修炼。

那么问题来了,又是什么样的职业需要 3 到 13 年马拉松式的学习呢? 他们便是在法国享有崇高社会地位的医生。一个最为普通的全科医生(Généraliste)就要经过 9 年的培训,像外科医生这样的专科则需要再进行 4 年的学习,因此达到了 13 年之久。坦白说,世界上其他国家的医学院学生都会经历长年累月的学习过程,法国学生有什么好抱怨的? 其实,法国医学院的难度更在于它恐怖的淘汰率,所有通过会考的学生在医学院学习的第一年年末还需要经历一场严峻的选拔考试,而最终能够顺利升入第二年的学生比例只有区区的 10% 到 15%,其他剩余的学生就只好被迫转行了。所以说,法国高中生报考医学院要承担极高的风险,许多对医生职业满怀向往的年轻人就此望而却步,这在很大程度上造成了法国医生的短缺,特别是那些难度更高的专科医生,比如法国一些城市的眼科医生直到 70 多岁都没有办法退休,原因就是找不到接替他的年轻医生。所幸,一些年轻人想出了对策,他们决定前往欧洲其他的国家学习医学,比利时、罗马尼亚通常是首选目的地,这些国家的医学院相对比较容易通过,而且所得文凭同样被法国医学界认可。

在法国,除了医学院之外,最优秀的"大学"被称作"大学校"(Grande école),从本质上来说,其实就是"精英学校",它们培养学生成为工程师、工商管理领导人、音乐家、政治家等。相比于普通的大学,入选精英学校的标准要严格的多,学生在普通类会考后还要参加为期两年的预科班

（Classe préparatoire），为的是通过一个选拔性质的考试（Concours），成绩突出者才能获得精英学校有限的名额，当然，普通大学最为优秀的学生同样有机会平行地进入精英学校，但一般要花费更长的时间。在所有的工程师学校中，巴黎综合理工学院（Ecole Polytechnique）无疑是最负盛名的，比较特殊的是，这个学校隶属于法国国防部，在校期间，法国国籍的学生不但拥有军官身份，而且还领取军饷，每年在巴黎香街上的国庆阅兵仪式中都能见到他们穿着综合理工的制服，带着一顶两角帽，接受总统的检阅。有意思的是，综合理工在法国还享有一个特别的昵称，它被外界称作"X"，各位切勿就此兴奋地认为它是一所教授"小电影"的学校，其实，这只不过是由于综合理工的学生具有强大的数学分析能力而已。对于法国人而言，能进入精英学校是他们个人乃至整个家族的荣耀，这些学校的毕业生在各个领域中都占据着领军人物的地位。所以，在法国，大学的门槛普遍很低，它的作用是让任何一个在普通类会考中成绩合格的法国人都能享受到高等教育，但倘若想要成为社会精英，还须经过另一场严格的选拔。

由此可见，法国的会考与中国的高考在本质上是不一样的，前者并不是一场选拔性质的考试，它没有名额上的限制，只要能达到及格线就行了，而后者则更像法国精英学校的入学选拔，是根据名额的数量来划分最低的录取线。所以，老实说，法国会考在我们中国人看来简直就是小菜一碟，合格就好，根本不存在竞争嘛，更何况，法国教育部对初次考试不合格的学生还提供了一次补考的机会，考题与先前的会考几乎一模一样，但即便是这样，当法国高中生面对会考时，依旧神经高度紧张，并且压力在成绩公布的当天达到最高点。传统的法国人至今仍旧选择用张贴的形式把学生的成绩全部公布在学校的布告栏里，于是，在成绩揭晓的当天，所有的考生都拥挤在布告栏前，忐忑不安地查询考分，当看到自己的名字后面印有"合格"的字样后，学生兴奋地大喊大叫，反之便痛哭流涕，在这一天，这样的叫喊声和哭声回荡在每个法国的高中里，此起彼伏，响彻云霄。

为什么受伤的总是我

在查理周刊事件后的第三天，1月9号上午，寇瓦奇兄弟被法国警方包围在巴黎东北部35公里处的一家印刷厂内，全体法国人甚至全世界的外国人此时此刻都在忐忑不安地关注着媒体的直播报道。然而，令人意想不到的是，一波未平一波又起，几个小时之后，巴黎文森门（Porte de Vincennes）的一家超市又传出了劫持人质事件，罪犯是一名法国籍马里裔的穆斯林，他宣称是寇瓦奇兄弟的伙伴，要求警方解除对两兄弟的包围，并威胁如果寇瓦奇兄弟受伤，他会杀害手中的人质。这一下再一次把法国人的心提到了嗓子眼，这几天连续的恐怖袭击令每个法国人都生活在深深的不安之中。与袭击查理周刊的寇瓦奇兄弟相同的是，这名恐怖分子犯案的地点并非随机选择，他具有明确的针对性，劫持人质的地点发生在一家巴黎犹太人的超市里。

法国是欧洲大陆上拥有最多犹太人的国家，历史上第一次大批犹太人移民法国是在1881年之后，当时俄罗斯沙皇实行反犹政策，对犹太人进行了屠杀的暴行，而法国作为欧洲大陆"犹太人解放"运动的先锋，在1791年就授予了犹太人与本国其他公民同等的权利，因此，在1881年至1925年之间，有10万犹太人离开了东欧到了法国。在二战之前，这个数字达到了13万之多。根据2013年美国犹太人年报（The American Jewish Year book 2013）中一份关于犹太人人口的报告（Current Jewish Population Reports），截至2013年，法国犹太人的人数大约是47万8千人。另外，法国国家经济研究统计署（Insee）以及人口统计学院（INED）

在 2008 年的调查也证实,犹太教是继天主教、伊斯兰教、新教之后法国的第四大教。所以,在今天的法国,犹太人已经是社会中一支不可忽视的力量。

　　然而,令法国政府担忧的是,法国犹太人的数量近几年持续处在减少之中,许多犹太人都选择移民去了以色列,光是 2014 年就有大约 7000 名这样的法国犹太人,并且,在未来的数年内,估计将会有超过 5 万名犹太人离开法国。那么,为什么法国犹太人要远走高飞呢?难道是犹太民族主义驱使他们回到以色列吗?实际上,法国犹太人选择移民以色列最主要的原因倒还不是源于他们的民族归属感,更多的其实是无可奈何,要知道,他们在法国面临着日益猖獗的恐怖威胁。这些年以来,一些法国的伊斯兰教极端分子把法国犹太人当作了中东巴以冲突的泄愤对象,除了上文提到的犹太人超市劫持事件之外,此类袭击层出不穷。早在 2012 年 3 月 19 日,法国图卢兹市(Toulouse)一所犹太学校就发生过枪击案,一名持有阿尔及利亚和法国双重国籍的伊斯兰教极端分子射杀了一名教师和三名儿童。这些接二连三针对犹太人的袭击使以色列总理内塔尼亚胡忍无可忍,他一次又一次地呼吁法国犹太人移民以色列,并表示"张开双臂"欢迎他们回家,在他看来,作为一个犹太国家,以色列有为犹太人提供安全庇护的道德责任。正是在这样提心吊胆的生活状态之下,法国犹太人为了逃脱极端分子层出不穷的迫害,最终选择离开了法国。

　　内塔尼亚胡的表态虽让法国犹太人深感温暖,但法国政府对此却非常不快,他们认为这是以色列人在挖法国人的墙脚,法国总统奥朗德因此站出来表态回应以色列政府:"法国犹太人的位置,就是在法国。"法国总理瓦尔斯(Manuel Valls)更是肉麻地宣称:"没有犹太人的法国不是法国。"众所周知,此乃法国政府在处理反犹事件上的一贯姿态,每有此类敏感事件发生,法国领导人势必第一时间坚定表示"与犹太人同在",并不遗余力地展现其与法国犹太人的惺惺相惜,因为他们知道,反犹在法国是一个特别敏感的政治问题。在此之前,法国有过一段黑暗的历史,任何对犹太人的不公对待都会让人把它与这段历史相联系。这段让法国人背负上耻辱的历史发生在二战纳粹占领法国期间,众所周知,那时的德国纳粹对犹太人实行恐怖的种族大屠杀,他们自然没有任何理由放过法国的犹太人。然而,在纳粹面前,法国维希政府(Régime de Vichy)并未竭力保护自己国家的犹太公民,相反,维希政权的警察与德国人一起追捕法国犹太人,前者甚至比后者还要积极。据统计,在1942至1944年间,维希政权使用国家铁路(SNCF)货运火车一共运送了大约7万6千名犹太人前往纳粹集中营,其中只有3千人后来得以幸存。不仅如此,维希政权甚至与德国人之间就由谁来垄断没收犹太人的财产发生过激烈的法律之战,最后决定德国人占10%,其余的进入法国国库或分发给个人,众多法国公民心安理得地享受这笔不义之财。在战后,即使戴高乐用他的著名宣言"维希不是法国"来为这个时期画上了一个句号,从而使法国人的灵魂得到救赎,但是,法国人的这段沾满鲜血的反犹太历史确实真实存在,不容忘却,即便是在70年后的2013年,法国仍然因为SNCF当年运送犹太人到纳粹集中营的罪行,向现居住在美国的受害人赔偿了六千万美元。

更加令犹太人愤恨的是,并非所有的法国人都对这段黑暗的历史心存愧疚,法国极右翼势力"国民阵线"(Front National)的创始人让-马里·勒庞(Jean-Marie Le Pen)就是在反犹问题上最为臭名昭著的一个代表性人物。早在1996年,他就声称,纳粹德国用毒气室杀害犹太人"只是二战中的细枝末节"。在2014年,当他回应麦当娜等名人对国民阵线的嘲讽时,老勒庞笑着说,"我们下次将做一炉。"而"一炉"(fournée)暗示的正是纳粹德国集中营中的焚尸炉。所幸,"反犹立场"在当今的法国乃绝对的"政治不正确",老勒庞的这些言论不但招致了法国社会各界的声讨,就连他政治上最坚固的盟友——他的女儿马琳·勒庞(Marine Le Pen)——也为之激怒,虽然她和父亲一样反对移民,但她针对的主要对象是法国穆斯林,而对于犹太人。她清楚地知道什么是"政治上的不正确",身为国民阵线目前的党首,如果她有朝一日想要赢得总统和国会大选,她就必须摆脱反犹主义恶名。于是,小勒庞公开站出来谴责父亲,她抨击父亲尽管从政多年,竟然还犯下这种"政治错误",但老勒庞坚决不向他的女儿低头，他在 2015 年 4 月又一次在媒体上大放厥词，否认纳粹大屠杀的历史。这一次彻底把父女两人的矛盾激化了，小勒庞当即决定在党内发起投票，意在免去老勒庞名誉主席的头衔，而老勒庞认为女儿的这一决定是彻彻底底的"背叛"，父女两人的关系时至今日都还未有任何缓和的迹象。

巴黎文森门犹太超市劫持案最后以四名人质被杀和凶手以及寇瓦奇兄弟被警方击毙的惨痛作为结局，法国社会暂时恢复平静，但是，可以预见的是，类似的恐怖袭击在这片穆斯林与犹太人共存的土地上仍然会时有发生，法国那段耻辱的历史也会被无数次旧事重提，老勒庞依然会选择"奋战"到底，无奈的法国犹太人只好仰天长叹："为什么受伤的总是我！"。

外籍军团

　　2014年巴西足球世界杯小组赛第二轮，法国对阵瑞士，在比赛的第18分钟，法国队中场球员马图伊迪（Blaise Matuidi）打入了漂亮的一球，为自己的球队奠定了胜局。进球后，兴奋的马图伊迪跑到场边挥手示意队友一起过来庆祝，萨科（Mamadou Sakho）和西索科（Moussa Sissoko）最先冲过来，他们在拥抱了马图伊迪之后，仍然觉得不够过瘾，于是，三位球员舞性大发，随即围绕成一个小圈，左右脚交替地踏着节奏扭动起身体来。这时，有趣的一幕发生了，稍后赶到的另一名队员瓦尔布埃纳（Mathieu Valbuena）见到他的三位队友个个舞艺非凡，也不由技痒起来，他试图加入舞群，然而，问题是，无论瓦尔布埃纳怎样锲而不舍地努力，他似乎永远都找不准队友的节奏，总要慢上好几拍，样子显得滑稽又笨拙。更加有意思的事情在于，中国的足球栏目主持人见状后也一起跟着调侃道，"瓦尔布埃纳完全跟不上马图伊迪的舞步！看来他平常疏于练习舞技！"

　　虽然事实或许确如主持人所言，但是，我仍然要为瓦尔布埃纳说句公道话，我认为就算他的舞技足够精湛，恐怕当时也未必可以跟上队友的舞步，原因非常简单，因为马图伊迪、萨科和西索科，这三位非洲裔黑人球员所舞动的分明就是非洲部落式舞蹈，这对于西班牙裔的瓦尔布埃纳而言自然难度过高，跳不好也就无可厚非了。不熟悉法国社会历史和现状的中国球迷一定会对法国队的球员阵容感到困惑，你看，2014年巴西世界杯法国国家队的23人名单中，黑人球员的数量竟然达到了9人之多,这些还只不过是从长相上能够明显区分的,更何况队伍中还不乏像本泽马(Karim Benzema)这样的北非裔球员。这让球迷不禁感叹,法国队更像是一支非洲足球队。可以说,法国队是一个民族大熔炉,许多球员皆为欧洲其他国家移民的后代或者是阿拉伯人和黑人的后裔。在1998年法国队赢得世界杯之后,有人调侃道,法国国旗的颜色不再是"Bleu Blanc Rouge"(蓝白红),而应该是"Black Blanc Beur"(黑人白人和阿拉伯人)。法国队球员的不同肤色、民族在向世界展示,当今的法国已经是一个不折不扣的移民国家,而这些移民像那些世代代都生长在这片土地上的人们一样,为法兰西共和国做着卓越的贡献。据 Insee 给出的统计,截至 2008 年,在法国的外国移民总数占到了总人口的 19%,其中 41% 的移民是欧洲裔,30% 是非洲西北部地区的马格里布(Maghreb),主要是来自摩洛哥、阿尔及利亚和突尼斯这三个阿拉伯国家的移民,剩下的移民则来自撒哈拉以南的非洲国家、亚洲和美洲国家。没有什么事情对于法国社会的影响力可以与移民相提并论,他们在来到法国的同时也带来了各自民族的习俗和文化,这些璀璨的文明正在潜移默化地渗透着法兰西文化,并逐渐成为它的一部分。

在欧洲裔的移民中,葡萄牙人以他们的勤奋独树一帜,特别是在建筑领域,他们不但活儿干得又好又快,而且工资相比法国建筑工人也较低,因此,葡萄牙人在法国占据了建筑业的半壁江山,以至于法国人在调侃葡萄牙朋友时都会问上一句:"你是在工地上建造房屋的吗?"大批葡萄牙移民进入法国始于 20 世纪 50 年代,大部分人是为了逃离当时葡萄牙国内萨拉查(Salazar)的独裁统治,从 1958 到 1975 短短的 17 年间,法国葡萄牙移民的数量迅速地从两万人激增到 75 万人,巴黎甚至是继里斯本之后,拥有葡萄牙居民第二多的城市。然而,值得注意的是,近些年来倒是有越来越多的法国人开始移民葡萄牙,他们中的大部分是退休的老人,原因是葡萄牙的生活成本比法国低得多,把自己的晚年生活安排在这里可以过得更为殷实。另一些则是在葡萄牙创业的法国年轻人,他们看中的是在葡萄牙开公司不需要经过繁琐的行政程序,而且里斯本的租金也要比巴黎便宜上好几倍。

与葡萄牙移民的勤奋形成强烈对比的是来自东欧国家罗马尼亚和保加利亚的罗姆人（Roms），他们大多没有工作许可证和合法的居留证，主要以乞讨为生，很多人甚至从事偷窃、卖淫和毒品交易等非法活动。这些罗姆裔的小偷常常三五成群，并以 10 到 15 岁的女孩为主，像狼群一样围堵猎物，前来巴黎旅游的中国游客因常常携带大量现金或者购买价值不菲的奢侈品而成为他们下手的一个主要对象。最近这两年，巴黎的街头还流行着一种罗姆人骗钱的把戏，通常的情景是一个假装聋哑人的罗姆女孩请求过路的游客在她的一份名为"国际残疾儿童基金会"的请愿书上签字，倘若游客如她所愿签了字，那么，下一步她便会强行要求游客捐款。正是在这种背景之下，2010 年，萨科齐总统领导下的法国政府决定驱逐没有合法身份的罗姆人，然而，这一做法却遭到了欧盟以及世界人权组织的广泛抨击，法国人一直以来"人权卫士"的形象轰然坍塌。其实，这一次遭到驱逐的是那些在罗马尼亚和保加利亚加入欧盟之后才进入法国的罗姆人，他们的数量大约为 1.5 万人，但事实上，罗姆人移民法国的历史已经有好几个世纪，小说《巴黎圣母院》（Notre-Dame de Paris）中的女主角吉普赛少女爱丝梅拉达就是罗姆人，故事发生的背景则是在 1482 年，由此可见罗姆人移民法国的悠久历史。罗姆人起源于印度北部，公元 1000 年左右离开印度，经阿富汗、土耳其等地到达欧洲，迄今有将近 1000 万罗姆人散居在巴尔干、中欧地区及法国、德国等欧洲国家，在法国，由于法律规定不能在人口普查中统计公民的民族出身、宗教归属等信息，所以没有人知道法国目前到底住着多少罗姆人。据估计，这个数字大概在 35 万到 130 万之间。经历了几个世纪的时间，他们中的一部分人通过家族几代人的努力如今已经成为法国的社会精英，但可悲的是，这些人一般都羞于在公共场合提及自己罗姆人的身份，在法国的媒体上也很少听到他们发出的声音和观点。直到 2012 年，一位移民法国 13 年的罗姆人才在巴黎开办了第一家记录自己民族的电视台"Sutka City TV"，节目包含纪录片、文化、音乐等内容，然而，电视台的规模和经费至今还依然非常有限。

　　在亚洲裔的移民中，除了中国人，最为庞大的群体当属越南人。据统计,截至 2012 年,法国大约有 30 万越南裔移民,他们中的大多数人都是 1955 年至 1975 年越南战争期间来到法国的难民以及这些人的后裔。法国 14 万的老挝裔移民和一些柬埔寨裔移民同样是在这场战争中逃到法国的,但他们的人数要比越南人少得多。相比于在美国或者加拿大的越南人,法国的越南移民在融入当地社会上表现得更加出色,原因是法国与越南在历史上千丝万缕的联系使得越南人更容易掌握法语以及法国文化。1887 年,法国政府从中国清王朝的手里抢走了越南,从此便正式开始了法国人在越南的殖民统治,那时就已经有大量的越南学生和工人来到法国本土谋生,一战期间大约有 5 万名越南劳工为法国的军工厂工作,到了二战,又有大约 2 万名越南劳工被征用,他们中的一些人被指派去种植大米。越南的移民第一代对自己母国的文化仍旧非常重视,但是,他们在法国的后裔则更加认同法兰西的文化,很多人都不会甚至不能够理解越南语,他们与土生土长的法国人组成家庭,法兰西而不是越南的价值观被传授给他们的孩子,越南对于这些移民后裔只不过是度假时的一个选择罢了。越南移民活跃在法国的各行各业,特别值得一提的是,他们对于法国的数学研究做出了重要的贡献,众多优秀的越南学生高中或者大学毕业后都会选择前来法国的大学继续自己的数学研究,一些人取得了卓越的成就,法国越南双重国籍的数学家吴宝珠就在 2010 年斩获了数学领域的诺贝尔奖——菲尔兹奖。

在法国亚洲裔的移民里,韩国人算是比较特殊的一个群体,他们中间五分之二的人移民法国并非自己的选择,也不是跟随父母或祖先前来法国,事实上,这些人的命运在出生时就历经坎坷,他们是被法国人领养的孤儿。韩国政府在朝鲜战争之后同意并且鼓励外国人领养本国的孤儿,而法国人在这之后的数十年间逐渐成为了欧洲收养韩国孤儿最多的国家,至今,韩国孤儿在法国的人数累积已经达到了大约 2 万 8 千人。就在 2014 年,法国政府迎来了历史上第一位亚洲裔的部长——福乐尔·佩勒林(Fleur Pellerin),她就是一名被领养的韩国孤儿。福乐尔出生在汉城,在出生后的 3 到 6 天被遗弃在街道上,并于 6 个月之时被法国人领养,从此便在法国长大,并且通过自身的努力一步一步进入法国政治的最高权力中心。福乐尔此次出任的是法国文化部的部长，虽然她在接受记者的采访时一再重申，自己除了外貌是韩国人以外，其他方面都是一个地地道道的法国人，然而，我还是不得不怀疑，韩国文化今后是否会史无前例地在法国流行开来，并且，或许在未来的某一天，韩国人会站出来宣称，"法棍（baguette 也有"筷子"之意）实际上是我们韩国人发明的！"

　　至于那些影响法国社会最为深刻的 500 万阿拉伯移民，他们中的大多数都是来自北非三国——阿尔及利亚、摩洛哥和突尼斯——的马格里布，根据法国机构 Insee 在 2012 年发布的一份研究，截至 2008 年，移民法国的阿尔及利亚人达到了 170 万，而且这个数字只简单包含了移民第一代和他们直系后裔中的第二代，第三代及其之后的阿尔及利亚裔子孙并没有被计算在内，这些人的数量之多是难以估计的。紧随阿尔及利亚人排名第二的摩洛哥人，移民人数同样超过了 100 万人，他们在 Insee 的研究报告中显示为 130 万。突尼斯移民则以 67 万名列第三，这个数字来源于突尼斯外事办公室（Office des Tunisiens à l'Etranger）在 2012 年的一项统计。在这三个马格里布国家的移民群体中，阿尔及利亚人的影响力无疑最为巨大，这不单单因为他们在人数上的独占鳌头，更是由于阿尔及利亚与法国在历史上纠缠不清的恩怨情仇，特别是那场阿尔及利亚独立战争至今在法国仍然阴魂不散。

　　这场战争开始于 1954 年，历时整整 8 个春秋，并最终以阿尔及利亚的胜利而宣告结束，那时距离法国军队第一次踏上阿尔及利亚的疆土已经过去了 132 年。世界上最后尚存的这块法国殖民地终于赢得了独立，为此，阿尔及利亚人付出了高昂的代价，共计有 35 万士兵战死沙场，法国这一方阵亡人数也接近 2 万 6 千人。值得注意的是，如此惨烈的战争并未在同样是法国殖民地的摩洛哥和突尼斯发生，这两个国家都在 1956 年通过与法国的和谈比较容易就获得了独立，那么，为什么偏偏阿尔及利亚在独立之路上受到了如此巨大的阻力呢？其中最重要的原因是由于战争之前在阿尔及利亚生活着人数庞大的法国人，正是他们不遗余力地阻碍着阿尔及利亚的独立运动。这些人从 19 世纪法国刚开始殖民阿尔及利亚的时候就选择定居于此,据估计,到了1954年,阿尔及利亚已经接纳了100万的法国人,这些定居者常常被戏称为"黑脚"(Pieds Noirs)。这个名号的由来有好几个版本,其中一个是说,这些法国定居者中有为数众多的人都是以酿造葡萄酒为生,他们在压榨葡萄的过程中脚被染成了黑色。毫不夸张地讲,这些"黑脚"在阿尔及利亚过着神仙般的日子,他们拥有最好的土地,所持有的面积也比当地人大几倍,并且还有廉价的劳动力为他们的企业和农场工作,与此同时,"黑脚"也并未放弃在法国的权益,他们依旧拥有法兰西公民权,可以选出符合自己权益的法国国民议会代表,其在阿尔及利亚所生育的孩子仍然自动获得法国国籍。相比之下,阿尔及利亚当地人只能算作二等臣民,他们所分到的土地是最贫瘠的,即使阿尔及利亚在1848年就已被法国政府纳入共和国的一部分,当地人也没能得到像"黑脚"那样的公民权和政治权,这种长期以来极其不平等的待遇造就了阿尔及利亚独立运动的氛围。其实,但凡"黑脚"和法国政府能够在殖民时期稍微善待一点当地人,也不至于让这些人在日后反对法国的统治上表现得如此强硬,不计任何代价地摆脱法国人。另一方面,"黑脚"群体的存在抹杀了阿尔及利亚用和谈手段获得独立的机会,他们作为殖民地上最大的受益者,在当地人最初仅仅只是要求获得公民权和政治权的时候就百般阻挠,为的是获得持续不断的廉价劳动力,在战争期间,他们更是坚持不懈地进行院外游说,影响着当时虚弱的法国政府在此问题上的决策。一边是誓死捍卫独立的阿尔及利亚人,另一边是决不妥协的法国定居者,这盘棋已渐渐被双方下死,多年都未能分出胜负。

这时,一个人的名字重新被大家想起,他是法国的二战英雄,在政府向纳粹投降后仍旧领导着当时全国仅存的抵抗运动,并最终获得胜利,更重要的是,他在阿尔及利亚拥有极高的威信,二战期间他就是依附在这片土地上对他的"自由法国"运动运筹帷幄,这个人就是——被法国电视二台评选为"最伟大法国人"的——戴高乐。戴高乐将军于是在1958年6月临危受命,当时他的心中已经对阿尔及利亚问题有了一个明确的立场,只是时机还尚不成熟,他并没有急于向公众推销他的观点,他首先要做的事情是修改宪法，以此稳固国内政治形势，这花了他 3 个月的时间。当年 9 月，全民公决通过了新宪法，第五共和国成立，戴高乐本人也顺利当选为新共和国的首任总统。有了群众基础，接下来，戴高乐开始逐渐地表露立场，他认为，为了法国的声誉，阿尔及利亚不能再属于法国，他建议由全体法国人公决是否让阿尔及利亚独立，这得到了法国人广泛的支持，却依然遭到"黑脚"的暴力抵抗，他们建立了"秘密军队组织"（OAS），在阿尔及利亚和法国进行恐怖袭击，但这时他们已经无力回天，戴高乐一步一步坚定地朝着自己的目标前进，终于，在他的努力下，法国和阿尔及利亚于 1962 年 3 月 19 日实行停火，两周后，阿尔及利亚完全独立。戴高乐实现了自己的政治主张，却引发了 OAS 对他的仇恨，1962 年的 8 月，他们对戴高乐策划了暗杀活动，要不是他当时所乘坐的雪铁龙 DS 车以及司机表现出色，戴高乐恐怕早已在这次袭击中命丧黄泉。截至今日，战争已经过去了 50 个年头，但每当身边的阿尔及利亚人提起这场独立之战，他们仍然热血沸腾，这场属于他们的正义之战让阿尔及利亚前所未有地团结一致，然而，非正义一方的法国人对这场战争的态度就有些许暧昧，他们提及它的次数要远远少于二战。

回到 2014 年巴西世界杯，在八分之一决赛中，法国队以 2 比 0 战胜了尼日利亚队，率先晋级，然而这时，观看比赛的法国人并未立即上街庆祝，他们仍旧守在电视机旁等待 4 个小时之后的另一场比赛，法国队要与这场比赛的胜者争夺半决赛的名额。法国人在等待这场比赛结果的过程中，心情是复杂的，甚至可以说有些隐隐的不安，这不仅是由于足球本身的魅力，更重要的是，这场比赛对阵的双方是德国队与阿尔及利亚队，也就是说，如果阿尔及利亚队赢得了本场比赛，他们下一场就要直接对阵法国队！这种情况从未在如此重要的足球比赛中出现过，要是果真如此，谁也不知道比赛当天会在法国街头发生什么样的事情，要知道，法国那 170 万阿尔及利亚移民中的男性大都是狂热的球迷。历史上每当阿尔及利亚足球队有重要的比赛，法国政府都会在本土重要地点加强警力，脱离控制的庆祝或泄愤活动已经发生过很多次，而这一次，假使法国队对阵阿尔及利亚队，是否会让人联想起 50 年前的那场惨烈的战争呢?纯粹的体育竞技是否会被复杂化,上升为民族主义呢?各种各样的可怕想象让人坐立不安。最终,这些假设都随着德国队的获胜而灰飞烟灭,这个结果让法国人长舒了一口气。然而,像我这样看热闹不嫌事大的人反倒觉得有些意犹未尽,我的内心深处抱着一个阴暗的念头,因为据我了解,法国队的超级球星本泽马与他的老前辈——前法国队的灵魂人物——齐达内一样,同为阿尔及利亚裔的法国移民后代,他们两人从未在赛场上唱过马赛曲,而且也毫不避讳地向世人宣称,"我是阿尔及利亚人的后裔,谁也不能逼迫我唱马赛曲。"所以,我的好奇心战胜了我的善良,我非常想知道,倘若这两支队伍在世界杯的赛场上相遇了,那么,本泽马将会如何行事?他会在赛场上倒戈相向吗?

正如上文所描绘的那样,法国移民中的一些佼佼者经过努力成为了社会中的精英,律师、医生、工程师、科学家、艺术家等这些普遍被法国人所尊重的行当里不乏他们的身影,但与此同时,贫穷、失业、暴力在移民中的比例也相对较高,这成了法国极右政党国民阵线(Front National)反对移民的一大原因,这个党派的政治理想是要将移民送回第三世界国家,但人们经常忽略的是,法国移民人口的41%其实是欧洲裔。1972年建立的国民阵线在1983年之前,从未获得过超过1%的选票,然而在1983年的市级选举中,国民阵线的创始人让-马里·勒庞(Jean-Marie Le Pen)却令人惊讶地在巴黎20区(20e arrondissement de Paris)获得了11.3%的选票,第一次进入市政选举的第二轮,并且获得了这个区的议员席位。勒庞这次胜利的主要原因是中右派的法国选民对于1981年左派社会党的密特朗当上总统而耿耿于怀,从而把选票投给了国民阵线,从这个转折点之后,它的影响力逐渐向全国范围扩散,成了法国一支不可忽视的政治力量。进入新千年后,法国民众对待移民的态度似乎正在越来越靠近国民阵线,这从它的两次历史性胜利中可窥见一斑,一次是在2002年的总统选举中,让-马里·勒庞在第一轮获得了16.8%的选票,击败了社会党,成功挺进了最后一轮,与中右派的雅克·希拉克(Jacques Chirac)一决高下;另一次就是在2014年的欧洲议会选举中,国民阵线在新党首——老勒庞的女儿马琳·勒庞(Marine Le Pen)——的带领下获得了 25％的选票和 24 个议席，远远超过法国两大主流政党，一时震惊朝野。现在有很多人都在预测，马琳·勒庞是否有机会赢得2017 年的法国总统大选，可以确定的是，如果她的梦想成真，那么，众多移民的法国梦将不复存在，今日之法国——作为一个民族大熔炉的国家——也将经历一场难以想象的变革。

浪漫满屋

　　我们一路穿行在所罗涅湿地（Sologne），这里的路面窄小，勉强够划出一条双行道，每当对面来车从我们车队的身边驶过，司机都会鸣笛向我们表达祝福，打头阵的皮埃尔则会随即回敬一次以示感谢。路旁高大的杉树在雨后显得格外精神抖擞，它们的倒影密密麻麻地落在前方的道路之上，我们就像在一条无形的地毯中穿梭，倒影在车子挤进来的一瞬间便跃然而起，轻柔地抚摸着车身，仿佛也在为我们庆祝。道路的尽头紧挨着天际，雨后的彩虹在那里向我们招手，此时此刻，我和新娘是无比幸福的，我们十指紧扣，如果可以，真的希望可以一直这样走下去，爱的道路上没有尽头。

　　车队跟随着路边的指示牌缓慢地驶入维莱特城堡的庄园，娜塔莉和卡洛琳娜女士已经在那里等着迎接我们，她们在这之前已把城堡装饰一新，看得出，这花了她们不少的心思，庄园里的长廊两旁系满了五颜六色的气球，衬着中央罗马式的喷泉，真是好看极了。等所有人都下了车，娜塔莉和卡洛琳娜便热情地向众人表示了欢迎，并且祝贺我们这两个主角："新娘真漂亮！ 新郎也是帅小伙儿呢！"娜塔莉过来拥抱了我们俩，然后认真地询问道："刚才喇嘛为你们在菩萨（bouddha）面前主持了婚礼吗?"这个问题让我哭笑不得，她显然误认为中国人与多数法国人一样，除了世俗婚礼之外，还会举行宗教婚礼，鉴于我们是中国人，她就觉得我们应该信仰佛教，而且，法国人大都只知道藏传佛教的喇嘛，却很少有人了解汉传佛教的和尚。我决定与这位优雅的"马里奥女神"开个玩笑,于是我回答道:"对呀,你看,我的发型在磕头的时候全搞砸了。"我指着实际上是被雨水打湿的头发给她看,娜塔莉信以为真,由衷地感叹道"中国人做起事情来果然毫不含糊"。我的计谋得逞,周围的宾客爆发出一片笑声,我赶紧向娜塔莉说明了真实的情况,听完我的解释,她自己也跟着笑了起来,眯着一只眼睛看着我说:"你可是我见过最有幽默感的中国人了……原来如此,我刚才还在和卡洛琳娜讨论所罗涅湿地附近哪里有寺庙呢。"

"我和新郎的有趣事儿,恐怕一个晚上都说不完。"朱力安开始了他的演说。作为我的证婚人,他被要求在酒会上发表一段讲话。而我们所有人此刻都围绕着城堡内温暖的壁炉,专心致志地听朱力安讲故事,气氛温馨又浪漫,唯一有些遗憾的是,由于大雨过后,草坪变得有些泥泞,我们最终决定还是在城堡内举行酒会。朱力安一边说,一边脱掉了他的西装外套,这说明接下来他要讲的事情会让人情绪激昂。"今天我想和大家分享一下那场轰动整个大学的求婚,要知道,我可是新郎当天最重要的同谋。"这个话题果然挑起了所有人的兴趣,大家立即给予了朱力安热烈的掌声。朱力安接着说,"那一天我最主要的职责是要在毕业晚会上时刻看好他的新娘,当舞台大屏幕播放求婚视频的时候,新娘必须位于舞池中央灯光的正下方,为此,这家伙还特地在舞池的地板上用胶布做了一个记号,如果我让新娘走出了这块区域,我的任务就宣告失败了。"朱力安的故事渐入佳境,长久以来,他在参与政治辩论的过程中累积了丰富的演讲经验,他的父母作为我们的朋友今天同样应邀前来参加婚礼,他们看着儿子面对众人流利并且幽默地讲话,感到十分骄傲,此刻正拿着摄像机记录着这一幸福的时刻。"可是,这个可恶的家伙竟然足足花了1个小时才把视频播放出来,你们永远无法想象这1个小时是多么的漫长,为了找话题,我已经把自己从小到大的经历全部跟新娘说了一遍,他要是再耽搁下去的话,我就该把他做的一些坏事也抖出来了。"大家捧腹大笑,所有人都把目光投向我,新娘也很配合表演,揪着我的耳朵质问我到底做了些什么坏事儿。朱力安接着调侃:"其实那个时候,我的脑海中一直有一个挥之不去的念头,我在想,如果新娘在全校师生的面前拒绝了他的求婚,那该怎么办啊?"提出了问题之后,朱力安把话筒凑到克莱蒙的面前,意思是要让他回答。皮埃尔的这个机灵活泼的儿子也毫不怯场,故意瞪大眼睛,震惊地说:"那你就该拨打电话,为新郎叫来消防员了。"在法国,消防员不但负责救火,而且还要协助救援伤病员,他们是法国小孩最为崇拜的人,也是在法国最令人向往的职业之一,很多人长大之后都选择成为了这支队伍中的志愿者,难怪克莱蒙在这危急的时刻想起了消防员。朱力安表示赞同克莱蒙的解决方案,随后他拿回话筒,提高嗓音做最后的陈词:"幸好这个家伙最后成功了!这才有了今天如此浪漫的婚礼!我衷心地祝福他们!"

　　周围掌声雷动,我高举酒杯感谢大家的祝福,酒会也正式宣告开始。卡洛琳娜和她的团队早已在一旁准备就绪,她们在城堡的角落里搭建了一个临时的吧台,上面放满了小巧又精致的食物,五颜六色非常好看,其中大多是一些著名的法国小菜和甜点,比如有享誉世界的马卡龙,迷你版的布列塔尼可丽饼等美食。除此之外,我们还意外地发现了中国的煎饺,这个中国元素让我们的客人,无论是法国朋友还是中国朋友都倍感惊喜,它当仁不让地成了此次酒会最为畅销的一道点心。我走到卡洛琳娜面前并与其碰杯,"非常感谢你的细心,我的朋友对酒会的食物都大加赞赏,特别是煎饺,让我们倍感亲切。"卡洛琳娜露出了标志性的迷人微笑,跟我说:"我知道中国人和法国人最相似的一点就是两者都有着优秀的美食文化,煎饺是我对中国美食的致敬,当然,我的中餐烹饪水平可比中国正宗的厨师差远了。"酒会在欢乐的气氛中进行着,大家三三两两围在一块儿聊天,期间,我的客人纷纷过来与我们碰杯祝贺,在法国,主人和客人不会在正式的婚宴上相互敬酒,这个环节实际上在正餐前的酒会上提前进行了。"嘟嘟嘟",就在酒会临近尾声的时候,城堡外突然传来一阵嘹亮的号声,所有人都被声音吸引了过去。打开门,只见我的朋友帕斯卡(Pascal)穿着一身黑色的号手服,戴着雪白的手套,单手持号站在城堡外的台阶上,身旁则站着他可爱的儿子马蒂右(Mathieu)。刚才的号声就是帕斯卡吹奏的,他等所有人全都集合了之后,便向众人大声地宣布:"作为一名猎人,今天我要为新郎新娘送上一首猎号曲,希望他们未来遇到困难的时候,永远能够保持一颗勇敢的心。"帕斯卡是一位业余的打猎爱好者,当听说我要在所罗涅举办婚宴的时候,他激动万分地告诉我,"那块地方可是法国的宝地,每年到了九月中下旬,我都会去那里给我的家人弄点儿野味回来。"一部分法国人至今仍旧保持着打猎的传统,为了掌握这项技能,他们还有专门的学校,经过学习并且成绩合格者才有资格使用猎枪。另外,猎人学校还会教授学生吹奏猎号,帕斯卡便是在那个时候学会这门硬汉艺术的,他说要在我的婚礼上吹上一曲为我们助兴。"嘟嘟嘟",帕斯卡的号声铿锵有力,响彻在整个维莱特城堡的上空,富有节奏感的号声让很多人都情不自禁地挥舞起双臂,最抢镜的还要属马蒂右,他像个小军人似的挺拔地站在爸爸的身边,全神贯注的表情可爱极了。这个三岁孩子的身上不仅流淌着猎人的血液,而且自小就跟着爸爸狩猎的经历使他很早就融入了这一文化。帕斯卡在曲子的结尾处特地留下了几个未完成的音节,他把猎号凑到儿子的嘴边,马蒂右用力地吸入一大口气,然后对准铜管一次吹出,"嘟嘟",他吹奏的号声同样嘹亮,周围的气氛瞬间被点燃,所有人都为了马蒂右而欢呼雀跃!

"没有人比我更清楚那个玩意儿的正宗配方了,我在朋友的婚礼上屡试不爽,你只要放上两根香蕉和几大勺融化的黑巧克力,最后再浇上一点香槟酒就大功告成了,那一定会让新郎新娘永生难忘!""不不不,你所说的配方并不是最地道的,实际上,经典的搭配食材是洋葱、黄油以及香槟酒。"皮埃尔和帕斯卡在餐桌上为了一道"菜谱"的正确做法争论了起来,两个人都试图说服对方相信自己是对的,但显然,谁也不愿意轻易认输。随着论战时间的不断延长,双方渐渐大汗淋漓,不停地举杯喝下餐桌上的冰水。初来法国的中国朋友常常有个疑问,为什么法国人在饭桌上永远只喝冰水,而不像我们那样喝热水呢?在我看来,此中缘由显而易见,因为法国人尤其喜欢在餐桌上就某件事情与同桌食客进行辩论,更要命的是,法国人天生不喜欢认输,所以,任何讨论最后都不是朝着真理的方向进行,即便某一方的心里已经意识到自己的想法是错误的,他也不会就此妥协,而是为了自己的观点奋战到底。这种辩论式的谈话有时火药味十足,这时,餐桌上的一杯冰水就变得至关重要,它可以让法国人时刻保持冷静,毕竟,法国人一直是以绅士自诩。但是,法国人的这个与众不同的餐桌文化倒也并非毫无好处,它永远不会让人在餐桌上觉得冷场,这种热闹的进餐氛围有助于让人食欲大开。所以,在法国的婚宴上,如何给客人安排位子是门大学问,同桌客人的搭配一定要遵循"有共同话题可以聊天,但又不能够过火"这一原则,拿捏的尺度很重要。有一部名叫《对号入座》(Plan de table)的法国电影讲述的就是一出围绕着婚宴的座位安排所展开的喜剧,剧中人物的命运随着各自座位阴差阳错的改变从而变得面目全非。我同样依照此条指导原则行事,皮埃尔和帕斯卡因为是同事而被我安排坐在一块儿,他们有很多的共同话题,而且平日里两人的关系还不错,这保证了他们之间的"辩论"永远会在友好的气氛下进行。不出所料,虽然双方最后仍旧坚持自己的"菜谱"才是正确的,但这并不妨碍他们得出一条解决方案,他们一致决定:"那就让新郎新娘把这两样东西全都喝下去!"原来,最终的受害者是我们。严格来讲,皮埃尔和帕斯卡所讨论的食物配方根本就不能算作是菜谱,绝对没有人会对香蕉、黑巧克力、洋葱以及香槟酒的混合体感到有一丝丝的食欲,如果再进一步告诉你,盛装这些食物的容器可是一只货真价实的夜壶(Pot de chambre),恐怕你的胃会一阵痉挛紧接着另一阵痉挛吧。实际上,这只令新郎新娘闻风丧胆的"夜壶"是法国人用来闹洞房的,通常,在凌晨的舞会结束后,法国人会冲进新郎新娘的房间,"逼迫"他们喝下这壶精心准备的"佳酿",按他们的话说,"这玩意儿可以让新郎新娘再战上个三百回合!"当然,新郎新娘也不会轻易就范,他们一定竭力推脱,但大多数人还是抵不过朋友们的一再坚持,最后只好一鼓作气喝下去,朋友们方才心满意足,婚礼也就此正式宣告结束。此项"令人作呕"的习俗虽然非常的古老,但是,热爱传统的法国人至今仍然矢志不渝地执行着。今日有酒今日醉,我暂时不去思考皮埃尔和帕斯卡为我们所准备的"佳肴"。此时此刻,呈现在我们面前的是一顿令人心情愉悦的饕餮大餐,卡洛琳娜把法国菜演绎得出神入化,并且难能可贵的是,她坚持使用最新鲜的食材,我们盘子里的那些蘑菇就是她和娜塔莉从城堡周围的森林里一颗一颗挖出来的。负责上菜的则是一位老绅士,他西装革履,白色的衬衣外打着黑色的领结,气派极了,橡木塞在他的手里无数次地从酒瓶中弹出,斟酒的时机也掌握得恰到好处,还不时与大家调侃上一两句。我们甚至一度怀疑,今晚享受的可是总统级别的待遇。

时间就在这种舒适融洽的气氛中快速地流逝,午夜时分将是今天整场婚礼的最高潮,按照法国惯例,新郎新娘要为凌晨的舞会献上第一支舞,为了这一刻,我和新娘已经练习了好久。我们换好衣服,从城堡的楼梯上缓缓地走下,所有人都屏气凝神,当看到我穿着中山装并挽着身穿旗袍的新娘时,全场起立鼓掌,相机镜头闪个不停,人群中时不时有人喊道"这实在是太漂亮了"。我们在舞池的中央站定,灯光渐暗,只剩下两道舞台追光聚焦在我们的身上,全场鸦群无声,我们心里默念着"三二一",音乐响起,"噔噔噔噔噔",随着一串典雅的琴声,我们开始缓慢地移动身体,是的,我们今晚的第一支"舞"正是——高山流水太极拳。

后 记

　　这便是 2012 年我们所经历的故事，在这片久负盛名的浪漫之地，我们迈入了人生的一个新篇章。实际上，对于在法国举办婚礼这件事情，我们并非前无古人，早在 2007 年，法国卢瓦河城市——图尔（Tours）就迎来了 31 对来自中国天津的新人，他们在当地市长让·热尔曼（Jean Germain）的见证之下，在图尔举办了盛大的集体婚礼，这在当年轰动一时，从此，"中国集体婚礼"便成了图尔市每年的主打旅游项目。然而，好景不长，2011 年这个项目受到匿名举报，声称项目运作过程中存在财务腐败问题，矛头直指项目负责人——在市长办公室任职的一名台湾籍华裔女子，以及任命她的热尔曼市长。更为戏剧化的是，2015 年 4 月 7 日，热尔曼市长为了证明自己的清白，在开庭前举枪自杀，这让整件事情最后演变成了一桩不折不扣的悲剧。

　　作为新闻的聆听者，我们很难判定热尔曼市长在腐败案中到底扮演着怎样的角色，但说句公道话，市长先生最初策划举办"中国集体婚礼"确实是一个绝顶聪明的主意。他为图尔市打开了中国的旅游市场，在这之前，图尔比起法国其他旅游城市——巴黎或者波尔多几乎可以说是无人知晓，而在项目启动后的第四年——2010 年，图尔已经逐渐在中国人中广为流传，热尔曼市长在上海世博会期间甚至被邀请亲自前来为中国新人主持婚礼。其实，这件事情无论是对还是错，它起码向世人呈现了一个清晰的现实：现在的法国经济根本没有办法不重视中国市场。法国现任经济部长不遗余力地推动"周日工作"法案就是为了那些巴黎的大商场可以招揽更多的中国游客,各大品牌的专柜几乎无一例外全都雇用了华裔售货员,法国政府更是对中国游客大开绿灯,目前,中国游客在48小时内便可签出法国签证。所有的这些措施都是为了拉动日益疲软的法国经济,法国人普遍认为,中国人将会是他们经济的一根救命稻草。

更加有意思的事情在于,法国人对于中国的未来充满信心,有时候,这种信心的程度甚至超过了我们中国人自己。不止一个法国朋友向我断言:"中国在不久的未来将会超越美国人,成为世界第一强国。"正是源于这样美好的想法,现在有越来越多的法国家庭开始培养自己的孩子学习中文,一些城市从中学教育开始就设立了中文课程,法国人希望借此能够在中国崛起的过程中占据有利的一席之地。然而,虽然法国人对中国的未来寄予厚望,但老实说,普通的法国老百姓对于中国社会的现状或者说对于当代的中国人,他们知之甚少。在我看来,法国人了解中国人唯一的途径便是目前生活在法国的华裔,但问题在于,这些60万华裔中有相当一部分人皆为20世纪80—90年代移民法国,时至今日,就连他们自己也早已与日新月异的中国社会所脱节,法国人又怎能从中了解到中国社会的现状呢? 因此,绝大多数的法国人只认识中国餐馆里的美食,却很少有人知道中国现在的互联网经济已经建设得如火如荼,远远地甩开了法国人。这就是整个事情的症结所在,法国人一方面想要依靠中国市场挽救法国的经济,一方面却又从未认真地研究过中国人。他们小看了中国市场,要知道,中国市场是世界上最为复杂的竞技场之一,法国本土行业内的竞争者大多数还只是一些法国土生土长的企业,而中国市场上却汇聚了世界上各个国家的行业领袖。不了解中国社会和中国人,便难以在这片土地上大展宏图。

这便是我撰写此书的动力所在,因为与法国人一样,我们中国人对于法兰西文化其实同样所知甚少。长久以来,我们对法国人的印象还仍然停留在"浪漫、红酒、奢侈品"之上,我们知道法国女人的优雅,却不了解她们亦是"雌雄同体"的;我们知道法国男人绅士,却不了解他们"永不认错"。我希望此书的出版可以尽可能地还原一个更为生动的法国人,以及一个更为现实的法国社会。

图书在版编目（CIP）数据

以蜗牛和雄鸡之名：法国趣谈录/何晨伟著.—上海：上海三联书店,2018.8 重印
ISBN 978－7－5426－5876－0

Ⅰ.①以… Ⅱ.①何… Ⅲ.①随笔－作品集－中国－当代 Ⅳ.①I267.1

中国版本图书馆 CIP 数据核字（2017）第 064117 号

以蜗牛和雄鸡之名——法国趣谈录

著　　者／何晨伟

责任编辑／殷亚平
装帧设计／汪要军
监　　制／姚　军
责任校对／张大伟

出版发行／上海三联书店
　　　　　（201199）中国上海市都市路 4855 号 2 座 10 楼
邮购电话／021－22895557
印　　刷／上海展强印刷有限公司

版　　次／2017 年 5 月第 1 版
印　　次／2018 年 8 月第 2 次印刷
开　　本／890×1240　1/32
字　　数／250 千字
印　　张／5.5
书　　号／ISBN 978－7－5426－5876－0/I・1235
定　　价／29.80 元
敬启读者,如发现本书有印装质量问题,请与印刷厂联系 021－66510725